夜《よ》空《ぞら》のスター・チャウダー

作《さく》・野《の》中《なか》 柊《ひいらぎ》　絵《え》・長《なが》崎《さき》訓《くに》子《こ》

理論社

ねこのチビコちゃん

〈きら星亭《ぼしてい》〉のウェイトレス。

ポンポンとは、
兄《あに》と妹《いもうと》のようになかよし。

パンダのポンポン

街《まち》で一番人気《いちばんにんき》のレストラン
〈きら星亭《ぼしてい》〉のコックさん。
とっても食《く》いしん坊《ぼう》。

もくじ

コアラのラララコ
お花屋《はなや》さんの店員《てんいん》。
かわいいもの、
きれいなものが大好《だいす》き。

クジャクのジャッキー
〈きら星亭《ぼしてい》〉のオーナー。
お金持《かねも》ちで旅行好《りょこうず》き。
女王《じょおう》さまの扇《おうぎ》のような
りっぱな羽《はね》がじまん。

キツネのツネ吉《きち》
自動車《じどうしゃ》のセールスが仕事《しごと》。
はでな色《いろ》のブレザーを
たくさん持《も》っている。

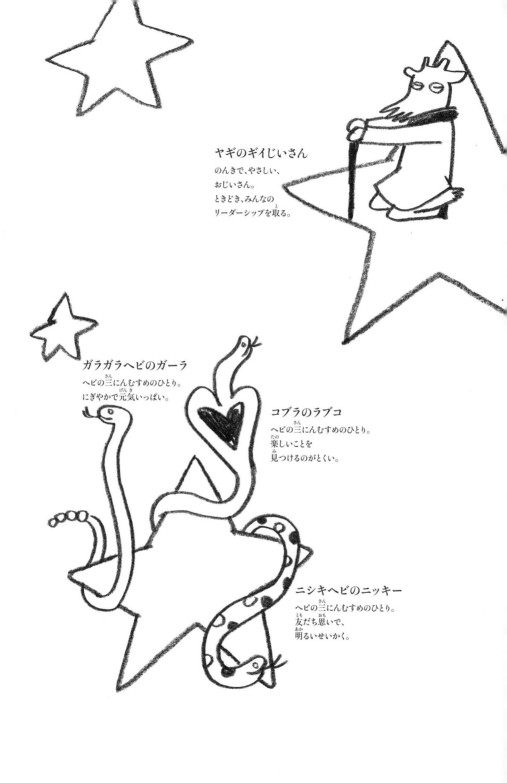

ヤギのギイじいさん

のんきで、やさしい、
おじいさん。
ときどき、みんなの
リーダーシップを取《と》る。

ガラガラヘビのガーラ

ヘビの三《さん》にんむすめのひとり。
にぎやかで元気《げんき》いっぱい。

コブラのラブコ

ヘビの三《さん》にんむすめのひとり。
楽《たの》しいことを
見《み》つけるのがとくい。

ニシキヘビのニッキー

ヘビの三《さん》にんむすめのひとり。
友《とも》だち思《おも》いで、
明《あか》るいせいかく。

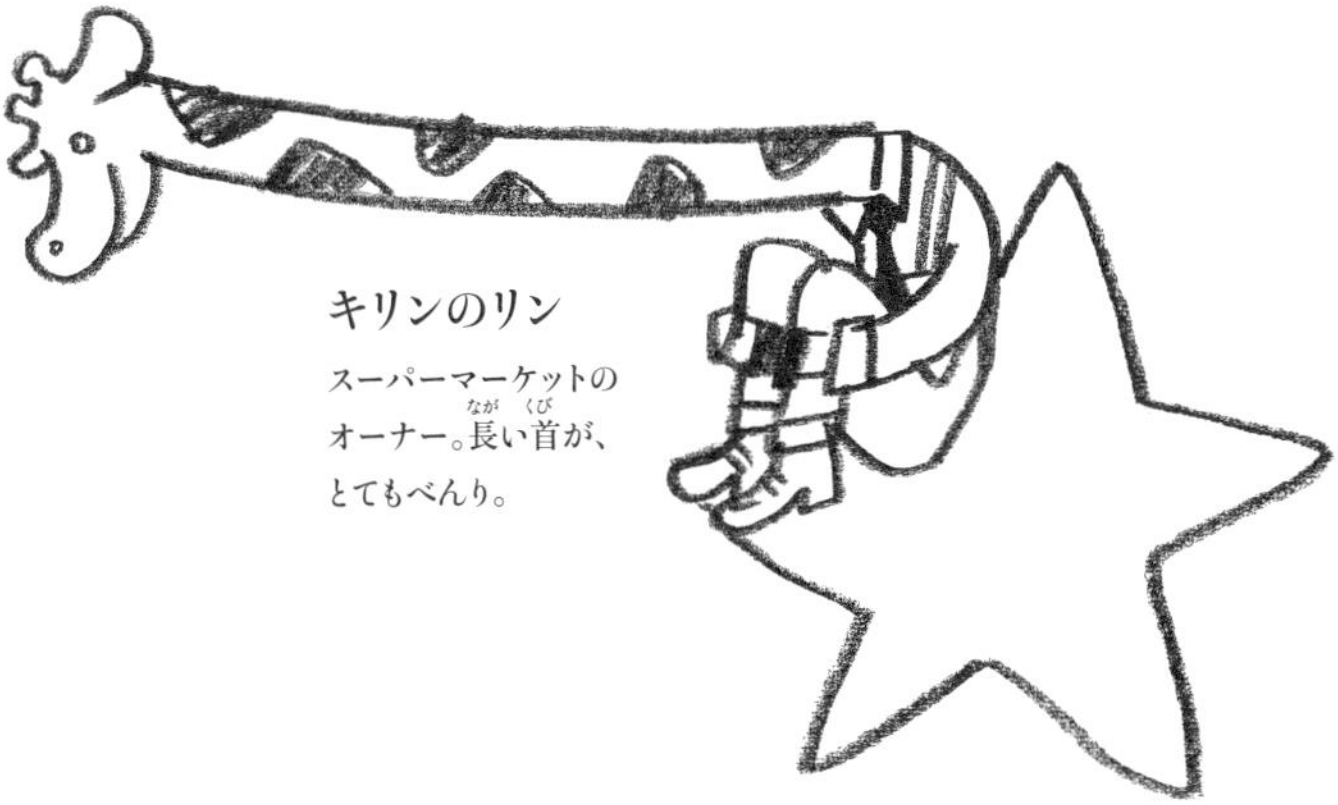

キリンのリン

スーパーマーケットのオーナー。長《なが》い首《くび》が、とてもべんり。

カバの兄弟《きょうだい》、タロー(うえ)**とジロー**(した)

やんちゃで元気《げんき》なイタズラっ子《こ》。おこられても、へこたれない。

カバのハナ

タローとジローの妹《いもうと》。おとなしくて、おっとりした女《おんな》の子《こ》。

カバのカヨおばさん

カバのタロー、ジロー、ハナのおかあさん。おこりっぽくてこわいけれど、愛情《あいじょう》にあふれている。

クスクスのクウ

木《き》の枝《えだ》にシッポを
くるくる巻《ま》きつけて、
さかさに
ぶらさがっている。
なぞの動物《どうぶつ》。

第一話

おかしなレモンメレンゲパイ

空《そら》が青《あお》い！　白《しろ》い雲《くも》がゆっくり流《なが》れていきます。

庭《にわ》の木陰《こかげ》に吊《つる》したハンモックに寝転《ねころ》がって、気持《きも》ちよさそうにうとうと昼寝《ひるね》をしているのは――だあれ？　パンダのポンポンです。

と、そこへ、しゃぼん玉《だま》が飛《と》んできて、鼻先《はなさき》ではじけました。

「はっ。あれっ？」

目覚《めざ》めると、ねこのチビコちゃんとクジャクのジャッキーがいました。

「こんにちは、ポンポン。お天気《てんき》がいいね！」

「ワタクシのかわいいコックさん。いいものを持《も》ってきたのよ」

ジャッキーは鮮《あざ》やかな黄色《きいろ》のフルーツが入《はい》ったバスケットを提《さ》げています。

「レモンだ！　たくさんあるなあ」

とポンポン。

「産地《さんち》から取《と》り寄《よ》せたのよ。とってもフレッシュなの」

チビコちゃんがひとつ手《て》に取《と》って、頭上《ずじょう》にかかげました。

「きれいだよね！　かたちも色《いろ》も」

空《そら》の青《あお》さと果実《かじつ》の黄色《きいろ》が、心《こころ》を弾《はず》ませる見事《みごと》なコントラストなのです。

子《こ》ねこちゃんは、レモンをほっぺに押《お》しつけて、

「ひんやりする。気持《きも》ちいい」くすぐったそうに笑《わら》いました。

仲良《なかよ》しの友達《ともだち》の笑顔《えがお》を見《み》て、ポンポンは嬉《うれ》しくてたまらなくなって、

「レモン、レモン、ひやひや、レモン！ ちっちゃなねこを笑《わら》わせる、おかしな、おかしな、おかしなレモン！」と歌《うた》うように言《い》いました。

「そうよ、ポンポン。それよ。おかしなレモンよ。ワタクシ、あなたにこれを使《つか》って、とびきり美味《おい》しいお菓子《かし》を作《つく》ってほしいと思《おも》っているの」

「おかしなレモンでお菓子《かし》？」

「ええ。楽《たの》しくって、笑《わら》わずにはいられなくなるようなレモンのお

菓子《かし》よ。できあがったら、野原《のはら》へお花見《はなみ》に行《い》きましょうよ。それが、今日《きょう》のプランよ。せっかくレストランがお休《やす》みの日《ひ》なんだもの」

じゃあ、なにを作《つく》ろうか？

「レモン入《い》りのゼリー？　ババロア？　クッキー？　ケーキ？」

チビコちゃんは期待《きたい》に満《み》ちた調子《ちょうし》で言《い》って、しゃぼん玉《だま》をふうっと吹《ふ》きました。ストローの先《さき》から虹色《にじいろ》の玉《たま》が生《う》まれて風《かぜ》に乗《の》っていきます。

そのしゃぼんの泡《あわ》をながめながら、

「軽《かる》くてふわふわで、食《た》べたら空《そら》を飛《と》んでいるみたいな気分《きぶん》になれるものがいいわね」とジャッキーが言《い》いました。

「ふわふわ……じゃあ、メレンゲ？」

「メレンゲ？　大好《だいす》きっ！」とチビコちゃん。

となれば、もう決《き》まりでしょう。

「レモンメレンゲパイだね！」

三《さん》にんは元気《げんき》いっぱい声《こえ》をそろえて言《い》いました。そして、それっ！　とばかりにキッチンへ走《はし》り、手分《てわ》けして作業《さぎょう》に取《と》りかかりました。

パイの生地《きじ》を作《つく》るため、大《おお》きなボウルにバターをどっさり入《い》れ、木《き》べらでこねて、小麦粉《こむぎこ》を加《くわ》え、さくさく混《ま》ぜていきます。それから、丸《まる》くまとめ、ローリングピンでのして、パイ皿《ざら》に敷《し》きつめました。一《ひと》つ、二《ふた》つ、三《みっ》つ……ありったけのパイ皿《ざら》に。

そうして、熱《ねっ》したオーブンの中《なか》に、ほいっ！

だんだんパイの焼《や》ける、こうばしい匂《にお》いが漂《ただよ》ってきます。

そのあいだにチビコちゃんがレモン汁《じる》をしぼります。お砂糖《さとう》、バター、卵《たまご》、レモン汁《じる》をボウルに入《い》れてお湯《ゆ》で温《あたた》め、とろおり、とろとろになるまでかき混《ま》ぜたら、レモンのクリーム――レモンカードの出来上《できあ》がり！

「レモンカードの黄色《きいろ》って、レモンの色《いろ》みたいだけど、ほんとうは、卵《たまご》の黄身《きみ》の色《いろ》なのよねえ。明《あか》るくって、いい色《いろ》ね」とジャッキー。

ポンポンポンはボウルにまた卵《たまご》を割《わ》り入《い》れていきます。白身《しろみ》だけを泡立《あわだ》て器《き》で、しゃかしゃかしゃかしゃかしゃか……ものすごい勢《いきお》いで泡立《あわだ》てはじめました。

いよいよメレンゲを作《つく》っているのです。

ポンポンの腕《うで》と手《て》は、目《め》にもとまらない速《はや》さで動《うご》いています。すごい！　透明《とうめい》だった卵《たまご》の白身《しろみ》が、空気《くうき》をふくんで、真《ま》っ白《しろ》にふくらんでいきます。

「すてきなリズムだね！」チビコちゃんがぴょんっと跳《は》ねて、ステップを踏《ふ》みました。タップダンスを踊《おど》る子役《こやく》スターみたいに。

ジャッキーも羽《はね》を広《ひろ》げて、ばさばさっとジャンプしました。

ポンポンは、泡立《あわだ》て器《き》のリズムと音《おと》に合《あ》わせて、歌《うた》い出《だ》しました。

ぼくの手首《てくび》、よく回《まわ》る。
まるでプロペラみたいじゃない？
ぶるん、ぶるん。勢《いきお》いよく。

回《まわ》れ、回《まわ》れ、雲《くも》が生《う》まれる。
真《ま》っ青《さお》な空《そら》を横切《よこぎ》っていく。

さあ。雲《くも》を追《お》いかけよう。
ほら。プロペラを回《まわ》して、ね？
どこまでだって行《い》けるんだよ！

ボウルからあふれ出《だ》しそうになるほどに卵白《らんぱく》が泡立《あわだ》つと、ポンポンはすでに焼《や》き上《あ》がっている何皿《なんさら》もあるパイクラストにレモンカードを入《い》れ、メレンゲをのせて、またオーブンへ。

それから、数《すう》十《じゅっ》分《ぷん》後《ご》——

「よーし。出来《でき》たぞ」

熱々《あつあつ》のレモンメレンゲパイの、なんとまあ、美味《おい》しそうなこと！

真《ま》っ白《しろ》だったメレンゲにこんがり焼《や》き色《いろ》がついています。

と、ちょうど、そのとき、ブップー！　パッパッパー！　音高《おとたか》らかに、車《くるま》のクラクションが通《とお》りのほうから聞《き》こえてきました。

キツネのツネ吉《きち》でした。青《あお》いワゴン車《しゃ》に乗《の》っています。

「やあ、迎《むか》えにきたよ。準備《じゅんび》はいいかい？」

ツネ吉《きち》はジャッキーに頼《たの》まれて、大《おお》きな車《くるま》でやってきたのでした。

いつものことながら、派手《はで》なブレザーを着《き》ています。

「うわあ。ショッキングピンク！」

「せっかくピクニックに行《い》くんだからね」

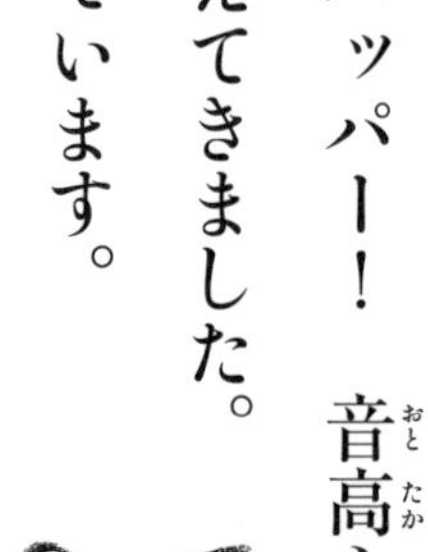

あきれられたのではなく、ほめられたのだと思《おも》って、ツネ吉《きち》は得《とく》意《い》そうです。ほら。このキツネは、ちょっと、うぬぼれ屋《や》だから！

でも、嬉《うれ》しいからこそ、てきぱきとよく働《はたら》きます。クーラーにパイを入《い》れて、せっせと運《はこ》んでいきました。

車《くるま》の中《なか》には、クーラーのほかに、いくつものバスケット。

「ワタクシ、ごちそうを用《よう》意《い》してきたのよ。サンドイッチやピクルス、ハム、ソーセージ、酢《す》漬《づ》けのお魚《さかな》や、あれやこれや」

それを聞《き》いて、もちろん、ポンポンもチビコちゃんも大喜《おおよろこ》びです。

「よし、出発《しゅっぱつ》だね！」

ワゴン車《しゃ》が走《はし》り出《だ》しました。街路《がいろ》で仲間《なかま》たちを乗《の》せていきます。

ピクニックに行《い》くことを、あらかじめジャッキーが知《し》らせておいた

のです。

「きっと野《の》原《はら》は花《はな》ざかりね」

コアラのララコはチューリップ模《も》様《よう》の帽《ぼう》子《し》をかぶっています。

「まったくもって、いい季《き》節《せつ》じゃのう。こんな日《ひ》にピクニックをするために、わしは長《なが》生《い》きをしてきたような気《き》がするぞ」

白《しろ》いあごひげをひねりながら、ヤギのギイじいさんが言《い》いました。

ヘビの三《さん》にんむすめもくねくね身《み》をよじりながら、

「ラブリーな午《ご》後《ご》になりそう」とニシキヘビのニッキー。

「ああ、もう！　わくわくするわね」とコブラのラブコ。

「わくわくのどきどきよ！　がらがらがら」とガラガラヘビのガーラ。

ワゴン車《しゃ》の後《うし》ろからは、色《いろ》とりどりの自動車《じどうしゃ》やスクーター、自転車《じてんしゃ》に乗《の》った動物《どうぶつ》たちがついてきます。その数《かず》たるや、どんどん増《ふ》えていって、ものすごく、にぎやかなのです。

ポンポンたちが野原《のはら》に着《つ》いたときには、もうすでに待《ま》っているものたちもいました。チェックやストライプの敷《しき》物《もの》を草《くさ》の上《うえ》に広《ひろ》げて。

「やあ。来《き》たね！　もうはじめているよ」

「はやく、こっちへおいでよ」

ワゴン車《しゃ》から転《ころ》がるようにして降《お》りて、わあっ！　と声《こえ》を上《あ》げつつ、チビコちゃんとララコが手《て》をつないで駆《か》け出《だ》しました。

とても広《ひろ》い野原《のはら》です。見渡《みわた》すかぎりの緑《みどり》と花々《はなばな》。

大《おお》きな木《き》、小《ちい》さな木《き》。葉《は》が風《かぜ》に揺《ゆ》れています。

ちょうちょがひらひら舞《ま》うようにして、ララコの耳《みみ》にとまりました。

「うふふ。リボンだね」

チビコちゃんの胸《むな》もとには、若草色《わかくさいろ》のバッタが飛《と》びつきました。

「あたしのブローチはどう？」

と、そこに、ひゅんっ！　なにかが飛《と》んできて、ララコの耳《みみ》をかすめていきました。それから、また、ひゅんっ！　今度《こんど》はチビコちゃんの肩《かた》のあたりに当《あ》たりました。いったい、なんでしょう？

「きゃっ！」

ふたりが声《こえ》を上《あ》げると、ちょうちょもバッタも離《はな》れていってしまいました。そして、木《き》の上《うえ》から、げらげらと笑《わら》い声《ごえ》。

「やーい。びっくりした？　こわがりだな！」

「あはは。弱虫《よわむし》なんだよ、女《おんな》の子《こ》は！」

カバの兄弟《きょうだい》、タローとジローです。

パチンコで、草《くさ》の実《み》を飛《と》ばしてきたのでした。さらにまた、あちらこちらに狙《ねら》いを定《さだ》めて、ひゅんっ！　ひゅんっ！　のんびり日向《ひなた》ぼっこをしている動物《どうぶつ》たちの手《て》や足《あし》に、ぱちん！　ぱちん！

カバのカヨおばさんが、こぶしを振《ふ》り上《あ》げ、

「こらーっ！　やめなさいっ。いい子《こ》にしていないと、おまえたちだけ、ごちそうは食《た》べられないってことになるよ」と大声《おおごえ》を上《あ》げましたが、

「へへーん。食《た》べられるさ。どうして食《た》べられないってことがある？」

「そうだよ。ぼくたち、やりたいことをやって、食《た》べたいもの食《た》べるんだ。だあれにも止《と》められないよ」

ふたりは木《き》の枝《えだ》にぶら下《さ》がり、ひょひょい、ひょいひょい、両手《りょうて》を交互《こうご》に出《だ》して、枝《えだ》から枝《えだ》へと移動《いどう》して、その下《した》を通《とお》りかかった動物《どうぶつ》が持《も》っていたフルーツやサンドイッチをすばやく取《と》り上《あ》げてしま

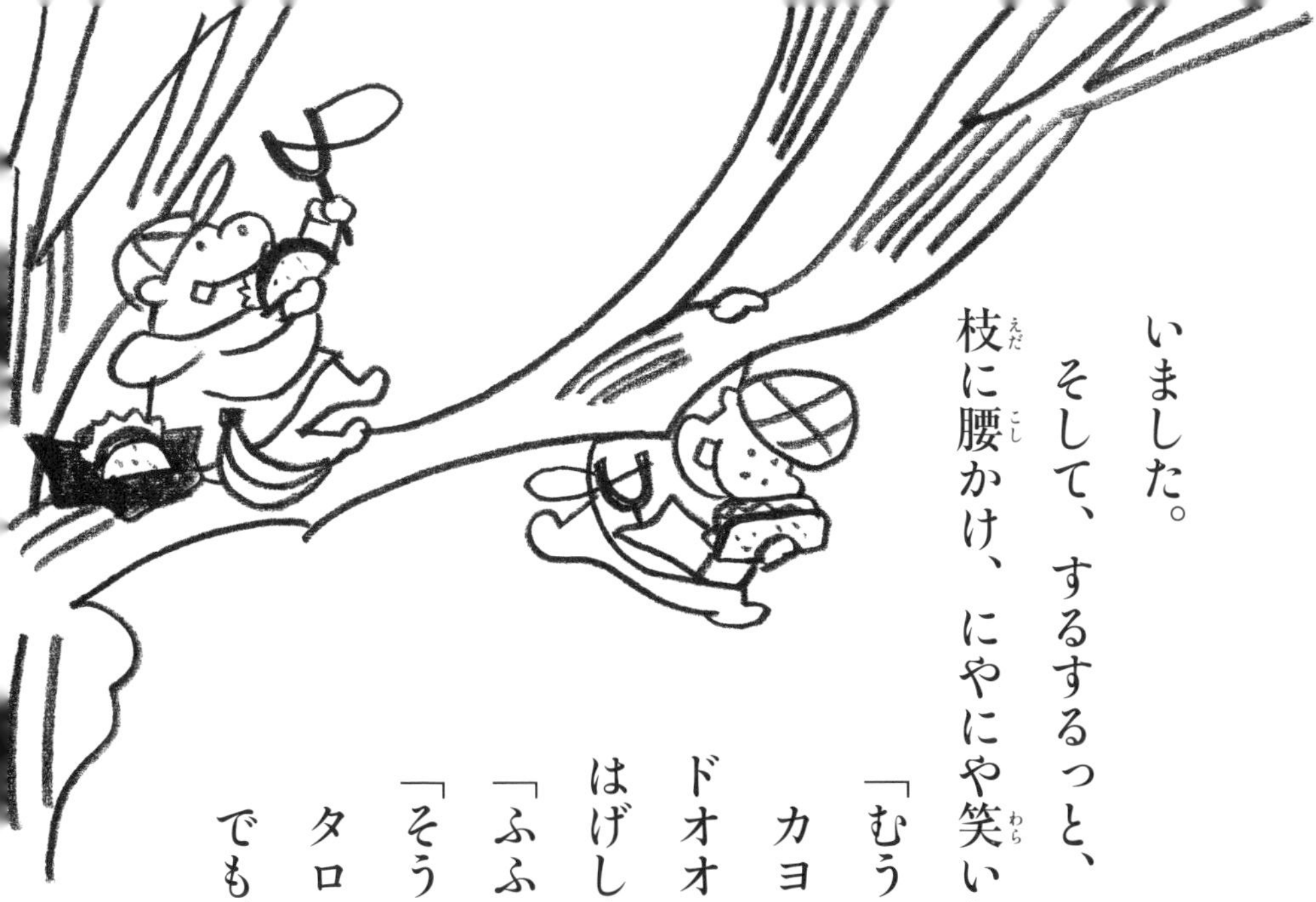

いました。

そして、するするっと、さらに高《たか》いところへ登《のぼ》っていって、木《き》の枝《えだ》に腰《こし》かけ、にやにや笑《わら》いながら食《た》べています。

「むうっ。なんてまあ、生意気《なまいき》なんだろう！」

カヨおばさんが、兄弟《きょうだい》をこわがらせようと、
ドオオオン！　ドドーン！　ドンドコドン！

はげしくタイコを打《う》ち鳴《な》らしても、

「ふふんっ。おどかそうとしたって、だめだ」

「そうさ、ぼくたち、へいっちゃらさ」

タローとジローは強気《つよき》の調子《ちょうし》で言《い》いました。

でも、あれあれ？　よく見《み》ると、足《あし》がふるえ

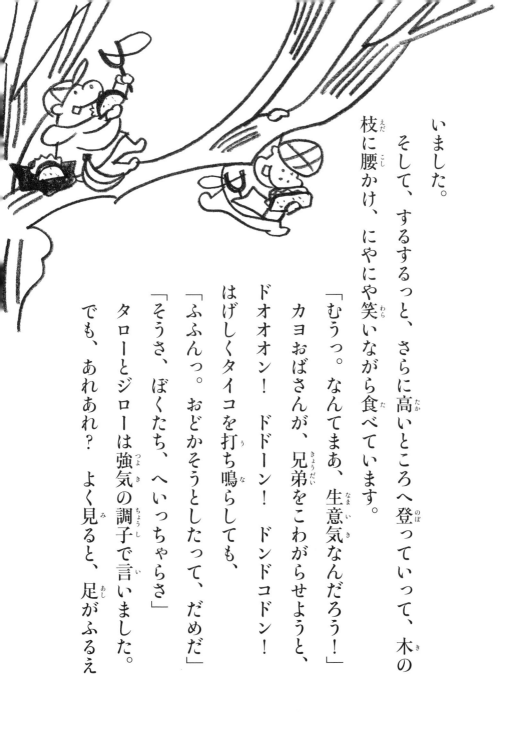

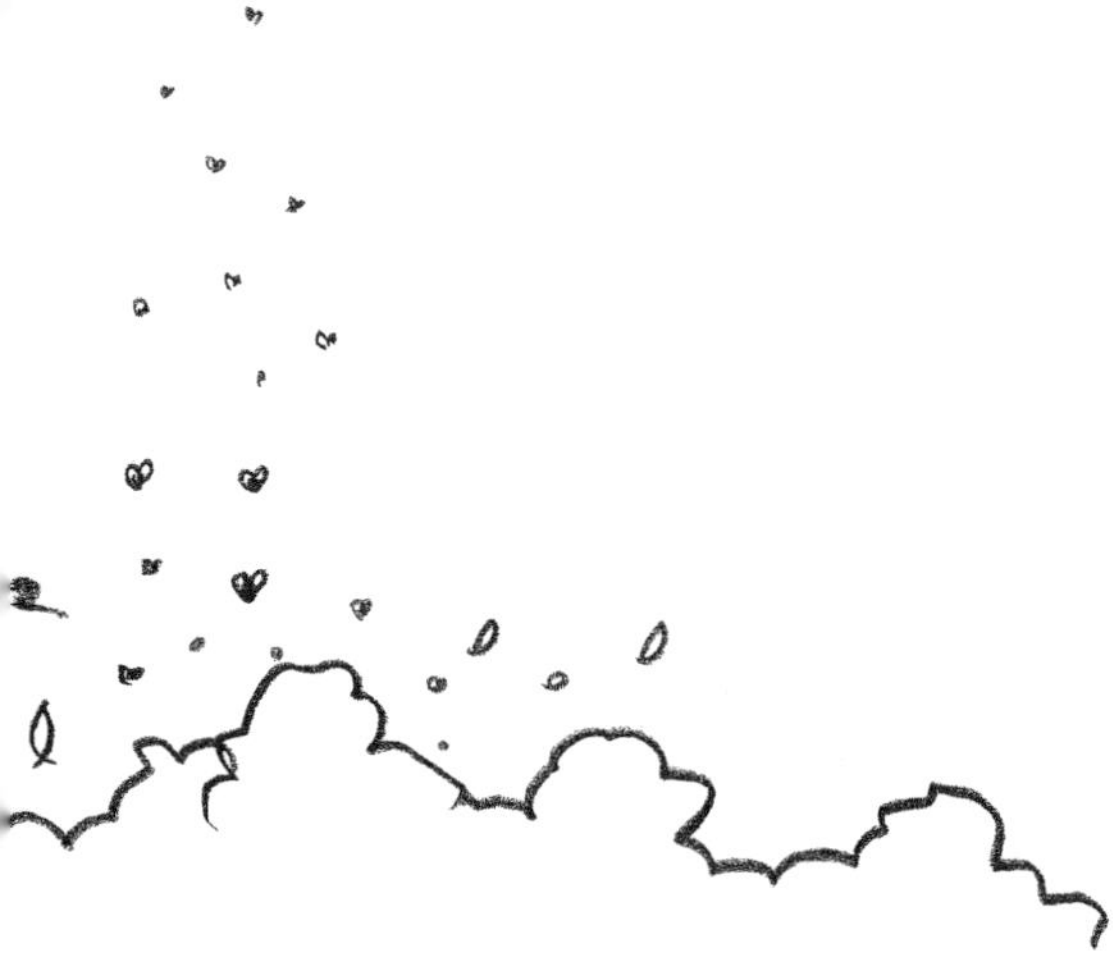

ていませんか。またパチンコで草《くさ》の実《み》を飛《と》ばしはじめたものの、うまくいきません。はずれてばかり！

「おいおい。へなちょこ兄弟《きょうだい》！　かっこわるいぞ」とツネ吉《きち》が笑《わら》いました。

兄弟《きょうだい》はひどく悔《くや》しがって、今度《こんど》は、えいっ！　ツネ吉《きち》をねらって草《くさ》の実《み》を飛《と》ばしましたが、まったく見当《けんとう》はずれの方向《ほうこう》へ。

ひゅうっと空気《くうき》を切《き》って、あちらの木《き》の茂《しげ》みの中《なか》へ消《き》えたと思《おも》ったら、次《つぎ》の瞬間《しゅんかん》には――なんと、たくさんのハチが現《あらわ》れました。低《ひく》い羽音《はおと》を立《た》て、黒《くろ》い雲《くも》のようなかたまりになって、タ

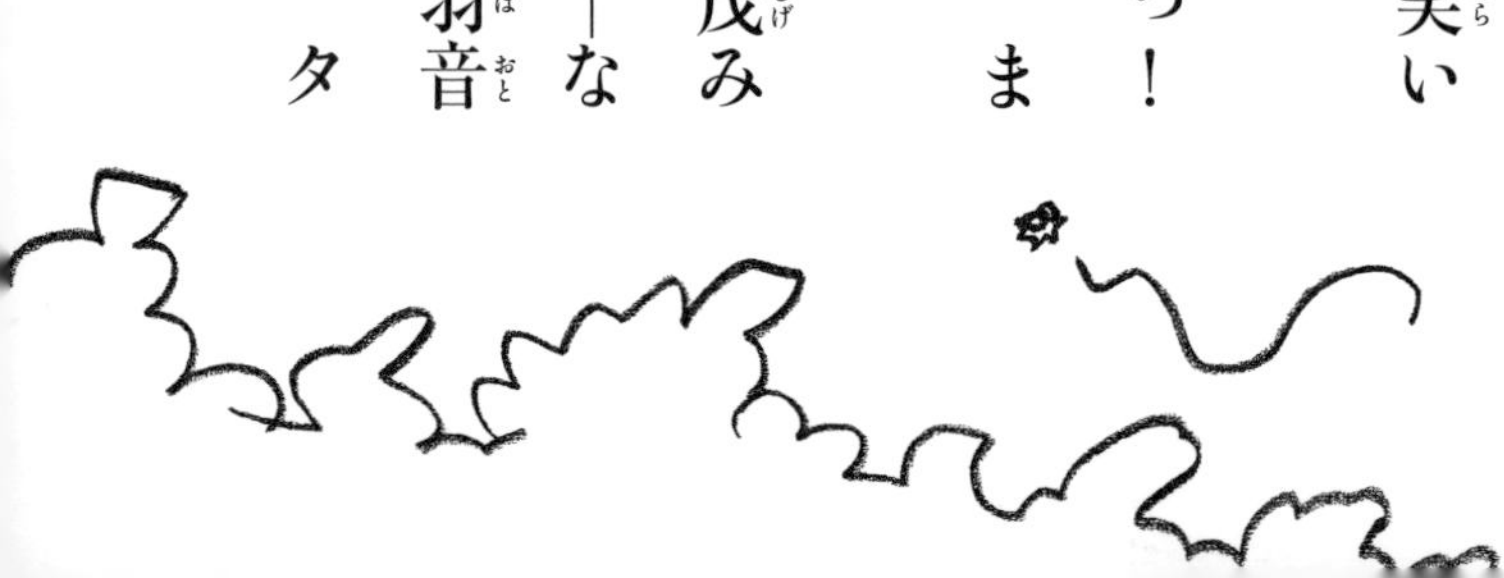

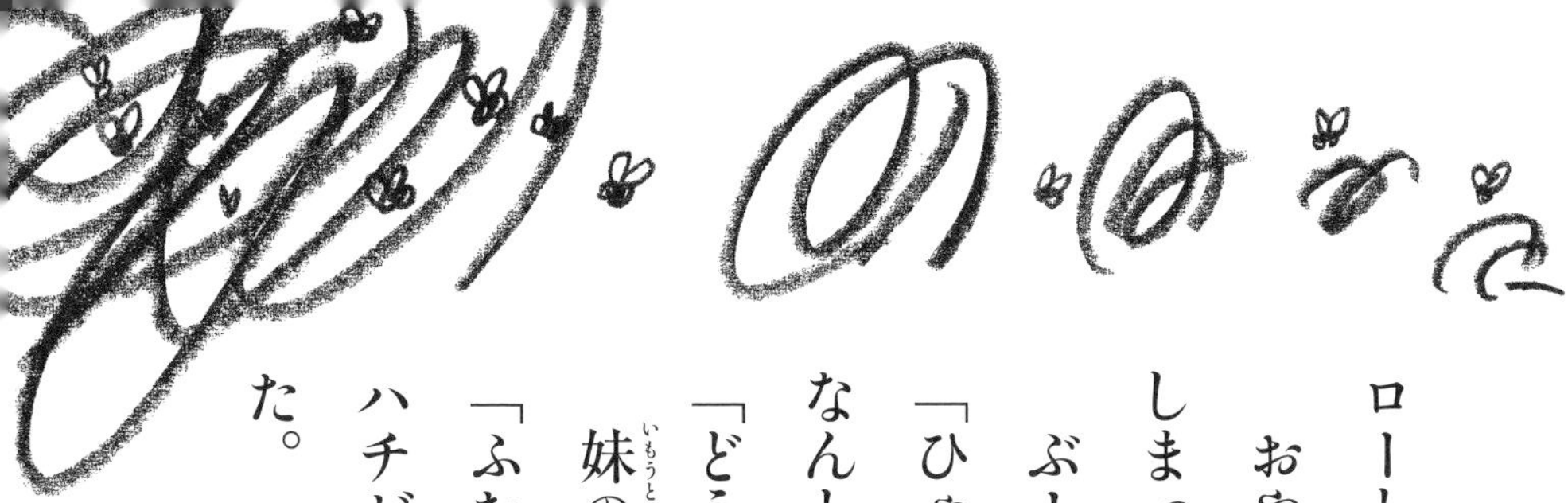

ローとジローの方《ほう》へ向《む》かってくるのです。

おやまあ、たいへん！　どうやら、草《くさ》の実《み》がハチの巣《す》に当《あ》たってしまったようです。

ぶーん、ぶんぶん！　すっごく怒《おこ》っているみたい。

「ひゃあああ！」兄弟《きょうだい》は木《き》から落《お》っこちそうになりつつも、なんとか飛《と》び降《お》り、悲鳴《ひめい》を上《あ》げて逃《に》げ出《だ》しました。

「どうしよう。お兄《にい》ちゃんたちが、大《だい》ピンチ」

妹《いもうと》のハナは今《いま》にも泣《な》き出《だ》しそうになっているのに、

「ふむ、なるほど。そう来《き》たか。ワルガキたちにバチが当《あ》たって、ハチが出《で》てきたんじゃ」とギイじいさんがしかつめらしく言《い》いました。

「バチ？　バチなら、あたしも容赦《ようしゃ》なく当《あ》てていくよ」

カヨおばさんはタイコのバチを頭上《ずじょう》に高々《たかだか》と掲《かか》げたあとで、ドドーン、ドオン、ドンドコドン！　またしても、怒《いか》りのタイコを打《う》ち鳴《な》らしました。

タローとジローがべそをかきながら、

「助《たす》けてえ！」

動物《どうぶつ》たちがいるほうへ一目散《いちもくさん》に駆《か》けてきます。

ふたりの後《うし》ろからは、ぶんぶん、ハチの群《む》れがついていきます。

カヨおばさんのタイコもこわい！

でも、ハチはもっとこわい！

動物《どうぶつ》たちは、あっちへ、こっちへ逃《に》げ出《だ》しました。

チビコちゃんもシッポをぴんと立《た》て、目《め》を真《ま》ん丸《まる》にして、「みゃあああっ。ポンポン、急《いそ》いでっ」と叫《さけ》ぶなり、ダッシュしました。

ところが、ポンポンは、敷物《しきもの》の上《うえ》にぺたりと腰《こし》を下《お》ろしたまま、立《た》ち上《あ》がろうともしません。

ピーナッツバターとラズベリージャムをのせたライ麦《むぎ》パンを食《た》べているところだったのです。

なにが起《お》ころうと知《し》ったことではありません。

「ピーナッツバターとラズベリージャムの組《く》み合《あ》わせって、最高《さいこう》だね」

二度《にど》、三度《さんど》とうなずきながら、つぶやいています。

「やっぱりパンっていったら、ライ麦《むぎ》パンだなあ、こうばしいなあ」

こんな調子《ちょうし》ですから、この大騒《おおさわ》ぎにも気《き》づいていないのです。

タローとジローが血相《けっそう》を変《か》えて走《はし》ってきて、どしん！　ポンポンのからだに勢《いきお》いよくぶつかり、それから、転《ころ》がるようにして、その広《ひろ》い背中《せなか》の後《うし》ろに隠《かく》れました。と、そこで、ようやく、ポンポンはあたりを見回《みまわ》しました。

おやっ。黒《くろ》い雲《くも》が音《おと》を立《た》てつつ、こちらへ向《む》かってくるではありませんか。

「なに、あれ？　ぶんぶん？　ぶーんぶん？」

ラズベリージャムの、甘《あま》い匂《にお》いがするせいかしら、黒《くろ》い雲《くも》――いえ、群《む》れをなしたハチたちはポンポンが気《き》に入《い》ったようです。たちまち、このパンダのからだをおおってしまいました。

「あらまあ、とんでもないことになってるじゃないの？　ワタクシのたいせつなコックさんが、ハチに刺《さ》されてポンポコポンになったら一大事《いちだいじ》だわ」

ジャッキーが大慌《おおあわ》てで戻《もど》ってきて、
ばふっ！　ばふっ！　ばふばふっ！
扇《おうぎ》のような羽《はね》をここぞと
ばかりに使《つか》って、風《かぜ》を起《お》こしました。
とても強《つよ》い風《かぜ》、突風《とっぷう》です。
風速《ふうそく》何《なん》キロあるでしょう？
「がんばれ、ジャッキー」
チビコちゃんが声《こえ》を上《あ》げます。
「がんばれ、がんばれ」と、
ほかの動物《どうぶつ》たちも。
ばふっ！　ばふっ！　強風《きょうふう》を受《う》けて、

木々《きぎ》の葉《は》が揺《ゆ》れ、花々《はなばな》や草《くさ》がちぎれそうなほどなびいています。ドンドコ、ドドーン！　カコおばさんのタイコの音《おと》も雷《かみなり》のように鳴《な》り響《ひび》き、空《そら》は真《ま》っ青《さお》なのに、これじゃあ、まるで野原《のはら》に嵐《あらし》が来《き》たみたい。

あっという間《ま》に、ハチたちは吹《ふ》き飛《と》ばされてしまいました。

「ふう。いったい、なんだったの？」とポンポン。

「ハチよ。ハチの群《む》れ」とジャッキー。

「やんちゃ坊主《ぼうず》たちが、ハチの巣《す》に草《くさ》の実《み》をぶつけちゃったのさ。それで、反撃《はんげき》をくらったんだ。いやはや、たまげたね」とツネ吉《きち》。

「ハチ？　ハチの巣《す》？」ポンポンは耳《みみ》をぱたっとさせました。目《め》をきゅっと細《ほそ》め、鼻《はな》もぴくぴく動《うご》かしました。

「やあねえ、ポンポン、今《いま》さら、こわがってるの。遅《おそ》いわよ！　ワタクシが、あなたのこと守《まも》ってあげたのよ。わかってる？」

でも、ポンポンはジャッキーの言葉《ことば》など聞《き》こえていないふうで、

「じゃあ、はちみつがあるってこと？」

ぺろりと舌《した》を出《だ》して、口《くち》をむにゃむにゃさせながら、

「ねえ。ハチさんたちに、ごあいさつに行《い》かなくていいかしら」

「ポンポンったら、はちみつが食《た》べたいんだね？」とチビコちゃんは呆《あき》れ顔《がお》。

ハチたちはまだ怒《おこ》っているかもしれないのに、そんなことは、ポンポンは考《かんが》えてもいないのです。刺《さ》されたら痛《いた》いかな？　なんて思《おも》いもしません。

「危険《きけん》きわまりないわ」ジャッキーがきっぱりと言《い》いました。

「いや、しかし、謝《あやま》りにいかないのも失礼《しつれい》にあたるじゃろう。そうじゃないかね？」とギイじいさん。

うん、うん、とポンポンがうなずいて、

「はちみつがあるのに、ごあいさつしないなんて、そりゃあ、失礼《しつれい》だよ。ぼく、ハチさんたちと話《はな》さなくちゃならない」

すると、ジャッキーはちょっと考《かんが》えこむ顔《かお》になって、

「そうね。せっかく野原《のはら》に来《き》たのに、ハチさんたちに、ごあいさつしないのは、はちみつに対《たい》して……ええと、そうじゃなく、ハチさんたちに対《たい》して、失礼《しつれい》というものかもしれないわね」

「レモンメレンゲパイをひとつプレゼントしたら、どうかな？」と

ツネ吉《きち》。

「それがいいわ。とにかく、ワタクシたち、行《い》かなくちゃ」

ジャッキーが先頭《せんとう》に立《た》ち、ポンポンがレモンメレンゲパイを持《も》ってそのあとに続《つづ》き、動物《どうぶつ》たちもぞろぞろついてきました。

そして、ハチたちが現《あらわ》れた木《き》のそばへ行《い》ってみると――あった、あった、ありました。すこし高《たか》い枝《えだ》のところに、ずいぶんと大《おお》きなハチの巣《す》です。幸《さいわ》いにも、どこも壊《こわ》れていません。とりあえず、みんなはほっとしました。

巣《す》のまわりを、ぶんぶん、ぶん、飛《と》んでいるハチたちがいます。

「こんにちは、ご機嫌《きげん》いかが」

勇気《ゆうき》をふりしぼって、ジャッキーが言《い》いました。

ぶんぶん、ぶぶん。返事《へんじ》はそれだけでした。不機嫌《ふきげん》そうでした。

「先《さき》ほどは、ごめんなさいね。ごめいわくをおかけしてしまったわ。それで、ワタクシたち、おわびを申《もう》し上《あ》げにきたのよ」

ぶんぶん、ぶぶぶん。ハチたちは羽音《はおと》を立《た》てながら、動物《どうぶつ》たちをながめています。信《しん》じていいのかな？　どうなのかな？　と、ようすをうかがっているみたいです。ジャッキーたちが下手《へた》を打《う》って、また怒《おこ》らせたら、今度《こんど》こそ、こっぴどく刺《さ》されるかもし

れません。

でも、ポンポンは、すこぶるのんきな顔《かお》をして、

「やあ、こんにちは」と言《い》いました。

「ねえ。きみたち、パイは好《す》き？　ぼくは好《す》きだよ。もちろん、はちみつも大好《だいす》き。きみたち、はちみつを作《つく》るのが仕事《しごと》なんだろう？すばらしいね。ね、ね、これ、ぼくが作《つく》ったレモンメレンゲパイなんだ。食《た》べてみない？」

すると、ハチたちはポンポンの顔《かお》をじいっと見《み》つめたあとで、レモンメレンゲパイに近《ちか》づいてきました。

ぶーん。ぶーん。じっくり観察《かんさつ》しています。そ

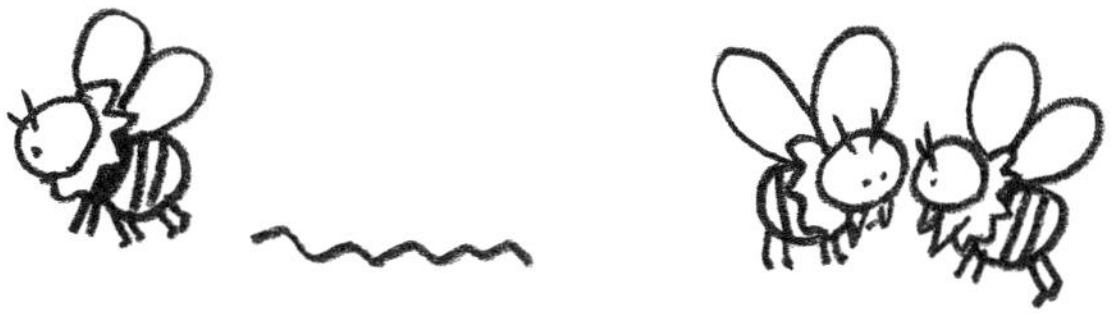

れから、なにやら小声《こごえ》で相談《そうだん》したあとで、巣《す》の中《なか》へと入《はい》っていくハチたちがいました。

そして、しばらくすると――

巣《す》の奥《おく》から、きらきらと光《ひかり》がこぼれてきました。なんでしょう？

鈴《すず》のような音《おと》もします。耳《みみ》をくすぐる優《やさ》しい音《おと》です。

動物《どうぶつ》たちが息《いき》をのんで巣《す》を見守《みまも》っていると、美《うつく》しいハチが現《あらわ》れました。ほかのハチたちよりも大《おお》きくて、かぐわしい香《かお》りがします。この世界《せかい》のすべての花々《はなばな》を調合《ちょうごう》した香水《こうすい》を身《み》につけているみたいな。からだが淡《あわ》く光《ひか》っています。

さっきから聞《き》こえていた鈴《すず》のような音色《ねいろ》は羽音《はおと》でした。

「だあれ？」と目《め》を丸《まる》くしてポンポン。

よく見《み》ると、そのハチは頭《あたま》に、金《きん》と銀《ぎん》の、ちいさな輝《かがや》かしい冠《かんむり》をかぶっていました。宝石《ほうせき》も散《ち》りばめてあります。

動物《どうぶつ》たちは、ほお、と感嘆《かんたん》の声《こえ》をもらしました。

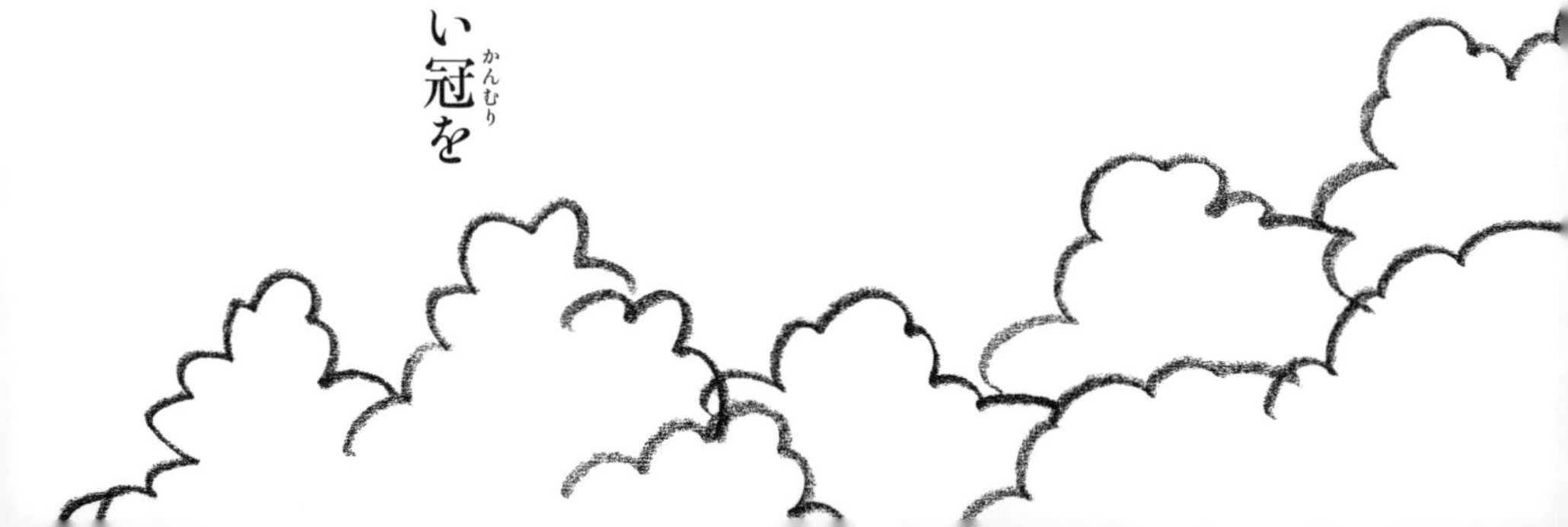

ギイじいさんがいきなり草《くさ》の上《うえ》に片《かた》ひざをつき、芝居《しばい》がかったしぐさで、

「女王《じょおう》バチさまですね？　お日《ひ》にかかれて光栄《こうえい》ですぞ！」と言《い》いました。

すると、冠《かんむり》をかぶったハチはうなずいて、

「ええ。いかにも、わたくしは女王《じょおう》バチです。みなさん、なんの御《ご》用《よう》があって、わたくしたちの宮殿《きゅうでん》へ？」

その話《はな》し方《かた》はとても静《しず》かで、威厳《いげん》がありました。

動物《どうぶつ》たちは言葉《ことば》もなく、ただただ女王《じょおう》バチを見《み》つめました。

ところが、次《つぎ》の瞬間《しゅんかん》、ジャッキーがなにを思《おも》ったのか、ばさばさっと羽《はね》を広《ひろ》げて、勢《いきお》いこんで言《い》ったのです。

「女王《じょおう》バチさま、あなたの冠《かんむり》と、ワタクシの羽《はね》と、どちらのほうが立派《りっぱ》か比《くら》べてみなければ気《き》がすまないと思《おも》って、こちらへうかがったんですよ」

これには、動物《どうぶつ》たちはみんな、びっくりしてしまいました。

「はあ？　そういう話《はなし》じゃなかったじゃない？」とチビコちゃん。

「それじゃあ、けんかを売《う》ってるようなもんだろう」とツネ吉《きち》。

ぶーん、ぶーーーーん、ぶーーん。ハチたちがうなるような音《おと》を立《た》てました。いつ刺《さ》してやろうか、だれから刺《さ》してやろうか。そんな気迫《きはく》が伝《つた》わってきます。今《いま》か、今《いま》か、と女王《じょおう》バチの指令《しれい》を待《ま》っているのでしょう。

動物《どうぶつ》たちは、すぐにも逃《に》げ出《だ》したいけれど、逃《に》げたら追《お》いかけら

れて、刺《さ》されるだろう、と思《おも》うから、ぐっと踏《ふ》みとどまっています。
女王《じょおう》バチは微《かす》かに眉《まゆ》を寄《よ》せただけで、一言《ひとこと》も発《はっ》しません。そのようすが、なんだか、とてもこわいのです。ジャッキーは自分《じぶん》の失敗《しっぱい》に気《き》づいたものの、今《いま》さら羽《はね》をたたむこともできず、とさかをふるわせています。
「ギイじいさん、なんとか言《い》って」
ララコがそっと囁《ささや》きましたが、ギイじいさんも首《くび》を横《よこ》に振《ふ》るばかり。

と、そのとき、ポンポンが、ぽんっ！　一歩《いっぽ》前《まえ》へ踏《ふ》み出《だ》して、

「女王《じょおう》バチさま、ぼく、ごあいさつにきました。こんにちは！　ぜひ、はちみつとお近《ちか》づきになりたくて」と言《い》いました。

　それから、鼻《はな》の頭《あたま》をぺろりと嘗《な》め、

「今日《きょう》はレモンメレンゲパイを作《つく》りました。空《そら》を飛《と》んでいる気持《きも》ちになりたくて、ふわっふわのメレンゲを泡立《あわだ》てたの。よかったら、食《た》べて」

　女王《じょおう》バチは、きょとんとした顔《かお》になりました。そして、首《くび》を傾《かし》げつつ、ポンポンが差《さ》し出《だ》すパイをしげしげとながめ、またポンポンを見《み》て、

「あなたって、おかしなパンダね」とつぶやきました。

「ええ、そのとおり！　おかしなパンダが作《つく》ったお菓子《かし》が、このレモンメレンゲパイというわけなんです。女王《じょおう》バチさま、ぜひ、お味《あじ》見《み》を」

そそくさと羽《はね》をたたんで、ジャッキーがすまして言《い》いました。

ポンポンはチビコちゃんに渡《わた》されたナイフで、パイを切《き》り分《わ》け、お皿《さら》にのせて――はい、どうぞ！　さあ、めしあがれ！

女王《じょおう》バチは家来《けらい》のハチが持《も》ってきた銀《ぎん》のフォークで、メレンゲやレモンカードを口《くち》に運《はこ》びました。はじめは、ゆっくりと――でも、やがて、フォークの動《うご》きがはやくなり、瞳《ひとみ》は明《あか》るく輝《かがや》き、口元《くちもと》には笑《え》みが浮《う》かびました。

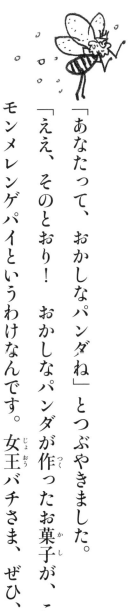

「ほら、ね？　笑《わら》わずにはいられない味《あじ》でしょう？」とジャッキー。

女王《じょおう》バチがうなずいたので、動物《どうぶつ》たちは嬉《うれ》しくなって、小躍《こおど》りしました。

パイを一切《ひとき》れ、食《た》べ終《お》えると、

「もっと、いただけるかしら。こんなに美味《おい》しいものが作《つく》れるなんて、あなたには、よほど料理《りょうり》の才能《さいのう》があるのね」と女王《じょおう》バチは言《い》いました。

「ええ。ポンポンは世界《せかい》でいちばんのコックさんなんです」とジャッキー。

「つまり、世界《せかい》でいちばんの食《く》いしん坊《ぼう》なんですよ。四六時中《しろくじちゅう》、とにもかくにも食《た》べることしか考《かんが》えてませんから」とツネ吉《きち》。

女王《じょおう》バチは声《こえ》を上《あ》げて笑《わら》いました。

「ポンポン、あなたははちみつが好《す》きなのね？　パイのお礼《れい》にわたくしたちのはちみつを分《わ》けてあげましょう」

「ほんとっ？　ありがとう！」

ポンポンが、ぽんっ！

とジャンプすると、ジャッキーが、
ぱんっ！　と羽《はね》を打《う》ち合《あ》わせて、

「まだレモンが残《のこ》っているわ、炭酸水《たんさんすい》もある。ねえ、フレッシュなはちみつをたっぷり入《い》れたレモネードを作《つく》ったらどうかしら。そしたら、ハチさんたちにも飲《の》んでいただけるでしょう？」

ハチたちが巣《す》の奥《おく》からはちみつを運《はこ》んできました。黄金《おうごん》の美《うつく》しい

みつです。うっとりするような色合《いろあ》いなのです。チビコちゃんとララコがレモンの入《はい》ったバスケットを、ツネ吉《きち》が炭酸水《たんさんすい》を持《も》ってきました。

さっそく、ポンポンがレモン汁《じる》を絞《しぼ》って、はちみつと炭酸水《たんさんすい》を加《くわ》えました。女王《じょおう》バチはゆっくりと味《あじ》わって微笑《ほほえ》みました。

「なんてさわやかな飲《の》み物《もの》でしょう。さあ、みなさんも、どうぞ」

この一言《ひとこと》が合図《あいず》になって——いよいよ、ほんとうにピクニックのはじまりです。グラスにレモネードを注《そそ》いで、パイを切《き》り分《わ》けて。

「いやあ、ハチさんたちに追《お》いかけられて、さんざん走《はし》って、いい

運動《うんどう》をしたあとだから、つめたい飲《の》み物《もの》がありがたいね」とツネ吉《きち》。
「じゃあ、ぼくたちのおかげってもんだな」とタロー。
「みんなのお役《やく》に立《た》てて、よかったよ」とジロー。
「このはちみつ、日向《ひなた》とお花《はな》の香《かお》りがするわ」とジャッキー。
「コクもある。味《あじ》に深《ふか》みがあるんじゃ。極上《ごくじょう》じゃ」とギイじいさん。
女王《じょおう》バチも、ほかのハチたちも

大喜《おおよろこ》びで、ほがらかな羽音《はおと》を立《た》てました。

ぶんぶん、ぶぶーん。

美味《おい》しいね！

その羽音《はおと》に合《あ》わせて、カヨおばさんが、トントン、タタン、タイコをたたきます。動物《どうぶつ》たちは手拍《てびょう》子《し》、足拍子《あしびょうし》。ヘビの三《さん》にんむすめがくねくね踊《おど》り、チビコちゃんは、しゃぼん玉《だま》をふうっと吹《ふ》きました。

虹色《にじいろ》の透《す》き通《とお》った玉《たま》が風《かぜ》に乗《の》っ

て飛《と》んでいきます。
そのまわりをハチたちが舞《ま》います。

クスクス、クスクス、クスクスクスクス……木《き》の梢《こずえ》からぶらさがったクスクスのクウも風《かぜ》に吹《ふ》かれて笑《わら》っています。

花々《はなばな》の咲《さ》く野原《のはら》で、はちみつ色《いろ》の陽《ひ》の光《ひかり》を浴《あ》びて、ポンポンたちは伸《の》びやかにピクニックを楽《たの》しんだのでした。

第二話

ぱりっかりっ
ドラゴン・ギョウザ

きら星《ぼし》亭《てい》のランチタイムまで、あと一時間《いちじかん》。

パンダのポンポンは厨房《ちゅうぼう》で、せっせと下《した》ごしらえをしています。

「ねえ。今日《きょう》のランチスペシャルは、なあに？」

ねこのチビコちゃんがはりきった声《こえ》でたずねました。

テーブルに洗《あら》い立《た》てのクロスをかけ、一輪《いちりん》ざしにお花《はな》も飾《かざ》って、お客《きゃく》さんをむかえる準備《じゅんび》をすっかり整《ととの》えたところなのです。

「キャベツとソーセージの、トマトソースのパスタだよ」

それを聞《き》いて、子《こ》ねこちゃんはパスタ用《よう》の大皿《おおざら》を、カウンターの上《うえ》に積《つ》んでいきました。

今日《きょう》もまた、たくさんのお客《きゃく》さんが来《く》ることでしょう。

「大忙《おおいそが》しになるだろうね。がんばろう！」

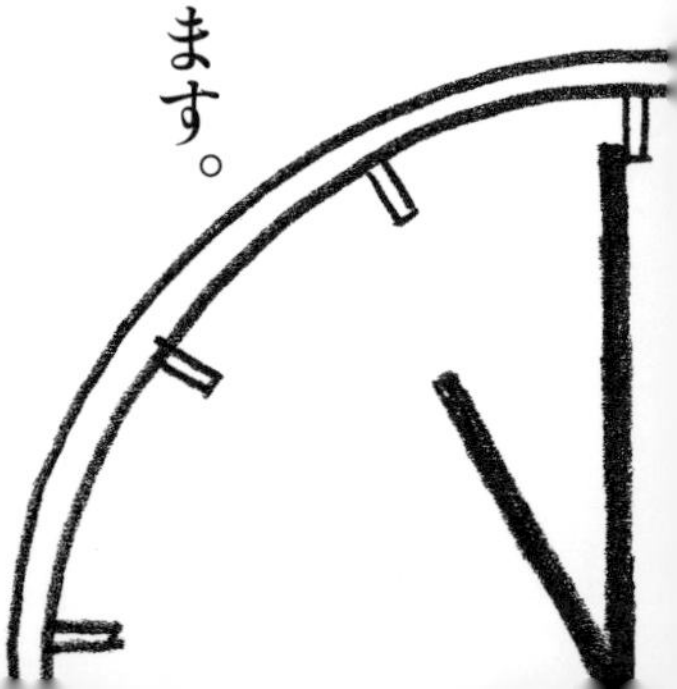

チビコちゃんはシッポをぴんと立《た》て、気合《きあい》を入《い》れました。

と、そこへ、クジャクのジャッキーがやってきて、

「今日《きょう》のランチはスペシャルでいくわよ！」と宣言《せんげん》しました。

「へっ？」

「みやっ？」

いったい、なんのことやら？　きら星亭《ぼしてい》のランチは、いつだって、ポンポンが心《こころ》をこめて作《つく》るスペシャルな料理《りょうり》だからこそ、ランチスペシャルと呼《よ》ばれているのではないでしょうか。

しばらく、ぽかんとしてから、

「昨日《きのう》のランチもスペシャルだったよ」とポンポンが言《い》いました。

「そうだよ。昨日《きのう》も一昨日《おととい》も、一年前《いちねんまえ》も、百年前《ひゃくねんまえ》も、毎日《まいにち》、ここの

ランチはスペシャルだよ」チビコちゃんも熱《ねっ》っぽく言《い》い立《た》てました。

するとと、ジャッキーは呆《あき》れ顔《がお》になって、

「どうして、あなたたちって、そうやって理屈《りくつ》をこねるのかしら? こねるなら、パンやパイ、ピッツァの生地《きじ》にしてちょうだい」

そう言《い》ったあとで、にっこりして、つけ加《くわ》えました。

「ああ。それから、ギョウザの皮《かわ》ね」

「ギョウザ? ぼく、何度《なんど》もトライしてみたことはあるけれど、なんだか、いまひとつ上手《じょうず》に作《つく》れないんだなあ」

「ええ。だからこそ、今日《きょう》のランチはスペシャルだって、ワタクシは言《い》っているの。ギョウザを作《つく》っていただくことにしたのよ」

「へっ?」

「みゃっ？」

ポンポンとチビコちゃんがまたしても声《こえ》を上《あ》げると、

「だいじょうぶ。わかってるわ」とジャッキーがうなずきました。

「ポンポン、あなたはすばらしい腕《うで》を持《も》つコックさんで、おまけにパンダだっていうのに、中国料理《ちゅうごくりょうり》はあまり得意《とくい》じゃないんでしょう？　でも、教《おし》えてくれる先生《せんせい》がいれば、いいんじゃなくって？」

「先生《せんせい》？」

「中国料理《ちゅうごくりょうり》の？」

ジャッキーが手招《てまね》きするので、ふたりがついていくと、レストランの外《そと》に真《ま》っ赤《か》なワゴン車《しゃ》が停《と》まっていました。ドラゴンが描《えが》かれています。今《いま》にも絵《え》の中《なか》から飛《と》び出《だ》してきそうな迫力《はくりょく》があります。

「お待《ま》たせしました、先生《せんせい》。どうぞ、こちらへいらしてくださいな」

黙《だま》ってうなずいて、ワゴン車《しゃ》から降《お》りてきたのは、レッサーパンダでした。かわいらしい印象《いんしょう》なのですが、険《けわ》しい目《め》をしています。

その目《め》でじいっとポンポンとチビコちゃんを見《み》ています。

「先生《せんせい》、こちら、ポンポンと……」

とジャッキーが紹介《しょうかい》している途中《とちゅう》で、レッサーパンダは片手《かたて》をあげて、さえぎりました。

「あのさ、先生《せんせい》はやめてくれないかな」

愛想《あいそう》のない声《こえ》でした。実際《じっさい》、にこりともしていません。

「さっき、ジャッキーから話《はなし》は聞《き》いたよ。あんたがポンポンで、そっちのちっちゃいのがチビコちゃんだね？　ぼくはレッドっていうんだ」

ちっちゃいの、と言《い》われて、チビコちゃんはむっとしました。なによ、あなたこそ、ちいさいじゃないの、と言《い》い返《かえ》してやりたいくらいでした。

パンダはパンダでも、ポンポンはジャイアントパンダ。レッドはレッサーパンダ。どうして、どちらもパンダと呼《よ》ばれているのかな？

と首《くび》をひねりたくなるほどに大《おお》きさも、見《み》た目《め》もちがうのです。

「はじめまして、レッド先生《せんせい》」

ポンポンはひとなつこい調子《ちょうし》で、話《はな》しかけました。

「中国料理《ちゅうごくりょうり》を教《おし》えてくれるんですって？」

するとレッドはふさふさの、しま柄《がら》のシッポを、ゆっさ、ゆっさと揺《ゆ》らして、ふんっ、と鼻《はな》を鳴《な》らしました。

「ジャッキーに頼《たの》まれたんだ。だけど、おれは先生《せんせい》じゃないんだぜ。このワゴン車《しゃ》で旅《たび》をしながら、中国料理《ちゅうごくりょうり》の屋台《やたい》をやっているのさ」

「ふーん。これ、屋台《やたい》なの？」

郵便はがき

おそれいりますが切手をおはりください。

103-0001

〈受取人〉

東京都中央区日本橋小伝馬町9-10

株式会社 理論社

読者カード係 行

お名前（フリガナ）

ご住所 〒 TEL

e-mail

書籍はお近くの書店様にご注文ください。または、理論社営業局にお電話ください

代表・営業局：tel 03-6264-8890 fax 03-6264-8892

理論社

http://www.rironsha.com

ご愛読ありがとうございます

読者カード

●ご意見、ご感想、イラスト等、ご自由にお書きください。

●お読みいただいた本のタイトル

●この本をどこでお知りになりましたか？

●この本をどこの書店でお買い求めになりましたか？

●この本をお買い求めになった理由を教えて下さい

●年齢　　　歳　　　●性別　男・女

●ご職業　1. 学生（大・高・中・小・その他）　2. 会社員　3. 公務員　4. 教員
5. 会社経営　6. 自営業　7. 主婦　8. その他（　　　　　）

●ご感想を広告等、書籍のＰＲに使わせていただいてもよろしいでしょうか？

（実名で可・匿名で可・不可）

ご協力ありがとうございました。今後の参考にさせていただきます。

記入いただいた個人情報は、お問い合わせへのご返事、新刊のご案内送付等以外の目的には使用いたしません。

「ああ。この車《くるま》に野菜《やさい》や肉《にく》、調理器具《ちょうりきぐ》、ガスコンロ、食器《しょっき》、なんでもかんでも積《つ》んである。ここで料理《りょうり》をして、お客《きゃく》さんに食《た》べてもらうのさ。この街《まち》には、昨日《きのう》、来《き》たばかりなんだけどね」

「そうなのよ。ワタクシ、昨夜《さくや》、レッドさんが作《つく》ったお料理《りょうり》を食《た》べて、ほんと、びっくり！　見事《みごと》な腕前《うでまえ》なんですもの」とジャッキー。

すると、きら星《ぼし》亭《てい》でランチタイムを過《す》ごそうと店《みせ》の前《まえ》に集《あつ》まってきた動物《どうぶつ》たちが、口々《くちぐち》に言《い》い交《か》わしました。

「あっ。これが、うわさの屋台《やたい》か」

「わたしも評判《ひょうばん》は聞《き》いたわ」

「昨日《きのう》の場所《ばしょ》に屋台《やたい》がなかったから、もうどこかへ行《い》ってしまったのかと思《おも》ったけど、いやあ、よかった、ここにいたんだね」

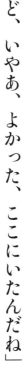

どうやら、たった一晩《ひとばん》で、レッドの屋台《やたい》は、街《まち》のみんなの知《し》るところとなっていたようです。

よほど味《あじ》がいいということなのでしょう。

「ははあ。大《たい》した車《くるま》だね。自分《じぶん》で改造《かいぞう》して、屋台《やたい》にしたのかい？」

キツネのツネ吉《きち》が感心《かんしん》したように言《い》いました。自動車《じどうしゃ》のセールスの仕事《しごと》をしているから、興味《きょうみ》しんしんです。

「そうさ」レッドはうなずきました。

「おまけに、ドラゴンか。ものすごく獰猛《どうもう》そう。ずいぶんと目立《めだ》つじゃないの。これも、きみが自分《じぶん》で描《か》いたの？」

ツネ吉《きち》も、このワゴン車《しゃ》みたいな真《ま》っ赤《か》なブレザーを着《き》ています。

でも、きらきらのスパンコールが散《ち》りばめてあっても、今《いま》にも飛《と》び

かかってきそうなドラゴンの絵《え》がついていない分《ぶん》、実《じつ》におとなしく見《み》えるのです。

「レッドさんは絵心《えごころ》もあるというわけかね？」

ヤギのギイじいさんが腕組《うでぐ》みをして言《い》いました。

「まあ、絵心《えごころ》というほどのものじゃないけどね。ほんのイタズラ描《が》きだよ、ちょちょいのほいさ。おれの店《みせ》の名《な》がレッド・ドラゴンなんでね」

レッドは素《そ》っ気《け》なくそう答《こた》えたものの、立《た》て続《つづ》けにほめられて、まんざらでもなさそうです。

そして、こうしているあいだにも、きら星亭《ぼしてい》の前《まえ》には、ひとり、またひとりと動物《どうぶつ》たちが増《ふ》えていきました。今日《きょう》のお昼《ひる》はなんだろう？　と楽《たの》しみにして、やってきたのでしょう。

ジャッキーがはりきって言《い》いました。

「さあ、レッドさん。そろそろお料理《りょうり》をはじめてくださらないかしら。きら星亭《ぼしてい》のスペシャルゲストのコックさんとして、とってもスペシャルなランチスペシャル、ギョウザを！　昨夜《さくや》、ワタクシ、あなたの手作《てづく》りギョウザを食《た》べて、ひっくり返《かえ》りそうになっちゃうほど感動《かんどう》したんですもの」

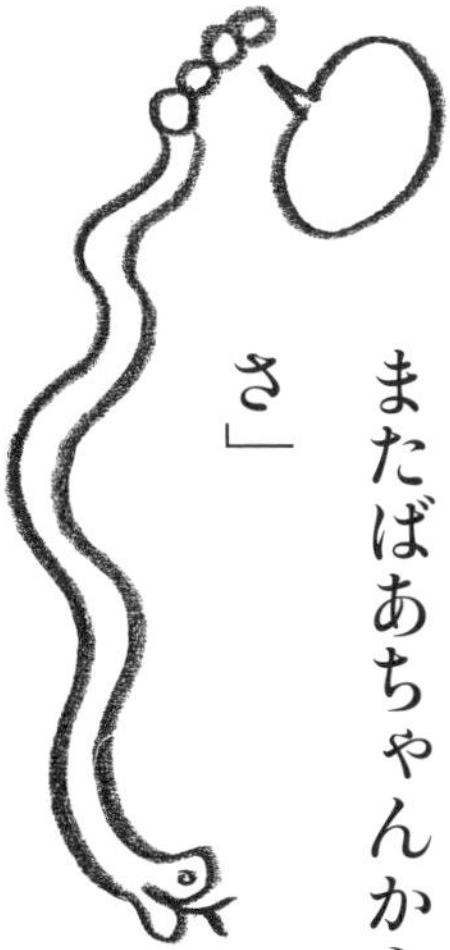

すると、ヘビの三《さん》にんむすめもはしゃいで、

「あたしたちも食《た》べたわ」とニシキヘビのニッキー。

「ギョウザの皮《かわ》がね、もちもちしていて、つるんつるんなのよ」とコブラのラブコ。

「皮《かわ》の中《なか》には、お肉《にく》や野《や》菜《さい》の具《ぐ》もどっさりよ。がらがらがら」とガラガラヘビのガーラ。

レッドの屋《や》台《たい》へ行ったという動《どう》物《ぶつ》たちがほかにもいて、口《くち》々《ぐち》にギョウザをほめました。すると、レッドは胸《むね》をはって、

「おれのばあちゃんから教《おそ》わった味《あじ》だからね。ばあちゃんは、そのまたばあちゃんから習《なら》ったんだ。わが家《や》に代《だい》々《だい》、伝《つた》わる味《あじ》ってわけさ」

「それは、なによりじゃ」とギイじいさん。代々《だいだい》、たいせつに伝《つた》えられてきたギョウザの味《あじ》――そりゃあ、すばらしいに決《き》まっています。

「はやく！　はやく作《つく》って」ポンポンは興奮《こうふん》のあまり、落《お》ち着《つ》かなげに足踏《あしぶ》みをはじめました。

「ギョウザを作《つく》るのはいいけど、きら星亭《ぼしてい》の厨房《ちゅうぼう》は使《つか》わないよ。このワゴン車《しゃ》で料理《りょうり》をする。ここが、おれの調理場《ちょうりば》なんだ。いつでも、どこへでも行《い》くことのできる厨房《ちゅうぼう》さ。望《のぞ》めば、どんなに遠《とお》くへも」

「ドラゴンに守《まも》られて？」ジャッキーがたずねると、

「そうさ！」威勢《いせい》よくレッドは答《こた》え、ワゴン車《しゃ》の扉《とびら》を開《ひら》きました。

「よーし。みんな、お腹《なか》を空《す》かせて待《ま》ってろよ。地《ち》の果《は》てまでぶっ飛《と》ばそう。おれのドラゴンが火《ひ》を吹《ふ》くぜ」

レッドはボウルに小麦粉《こむぎこ》を入《い》れ、水《みず》を加《くわ》え、ギョウザの生地《きじ》を手早《てばや》くこねていきます。そのとなりで、ポンポンも同《おな》じことをしました。見《み》よう見《み》まねで、ギョウザの作《つく》り方《かた》を学《まな》ぶことにしたのです。

「こね、こね、こね、こね」

ポンポンはそうつぶやきつつ、作業《さぎょう》を進《すす》めます。

「そうよ、その調子《ちょうし》！　こねこね、こねこね……理屈《りくつ》じゃないの、ギョウザの皮《かわ》をこねるのよ」とジャッキーが励《はげ》まします。

チビコちゃんもポンポンを手伝《てつだ》いながら、こねこね、こねこね、と一緒《いっしょ》につぶやいていましたが、途中《とちゅう》でふと首《くび》をかしげました。

「こねこねこねこ……ねこね、こね？　こねこ？　ねこ、ね？　こねこ？」

ギョウザの皮《かわ》と、子《こ》ねこのあいだに、いったい、どんな関係《かんけい》があるっていうんでしょう？　さっぱり、わかりません。

わからないけれど、楽《たの》しい気持《きも》ちになりました。だから、ヒゲをふるわせて、うふふ、と笑《わら》ったあとで、歌《うた》い出《だ》しました。

こねこね、こねこ、ね、こねこ！

よーくこねて、ね、こねこ。

あたしは、子《こ》ねこ。粉《こな》だらけ。

もうすぐ、ギョウザができあがる！
白《しろ》くて、もっちり。つるるん、るん。
子《こ》ねこがこねたギョウザだよ。

こねこね、こねこ、ね、こねこ！
よーく聞《き》いて、ね、こねこ。
あなたは、だあれ。隙《すき》だらけ。

チビコちゃんは歌《うた》って歌《うた》って、元気《げんき》よくシッポを振《ふ》ると、風《かぜ》が起《お》き、小麦粉《こむぎこ》が吹《ふ》き飛《と》ばされて、ほんとうに粉《こな》だらけになってしまいました。

「あらまあ、子《こ》ねこちゃんったら！」

ジャッキーが笑《わら》って、羽《はね》を広《ひろ》げ、

「粉《こな》をはらってあげるわね」と言《い》うなり、ばさっ！　ばさっ！

すると、さらに風《かぜ》が起《お》こって、調理台《ちょうりだい》の上《うえ》の小麦粉《こむぎこ》がもわっと舞《ま》い上《あ》がり、あたり一面《いちめん》、真《ま》っ白《しろ》になってしまいました。

「わあ、やめて。やめて」

「ジャッキー、だめだよ」

動物《どうぶつ》たちは慌《あわ》てて声《こえ》を上《あ》げましたが、みんな、もう粉《こな》まみれです。

くしゃんっ！　くしゃんっ！　くしゃしゃしゃしゃんっ！　何連発《なんれんぱつ》も、くしゃみをするものもいます。

レッドは、うへえ、とつぶやき、

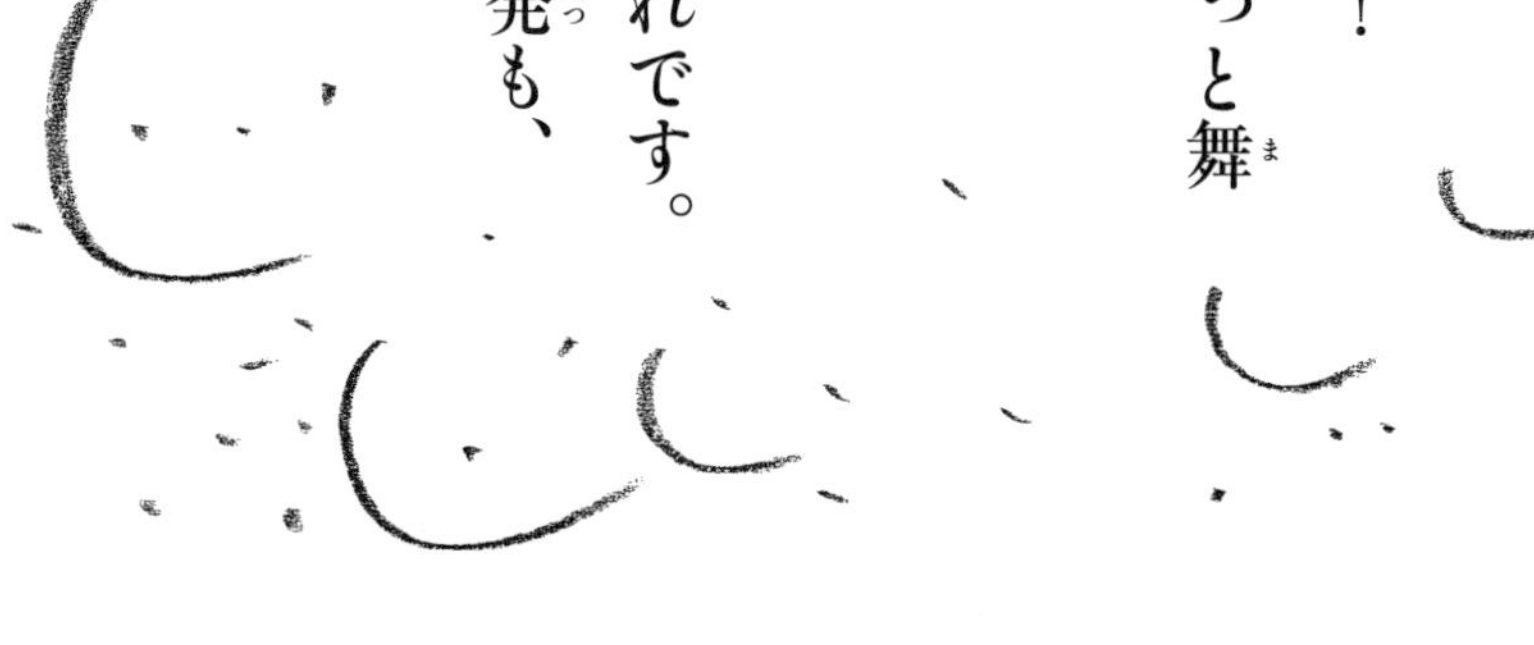

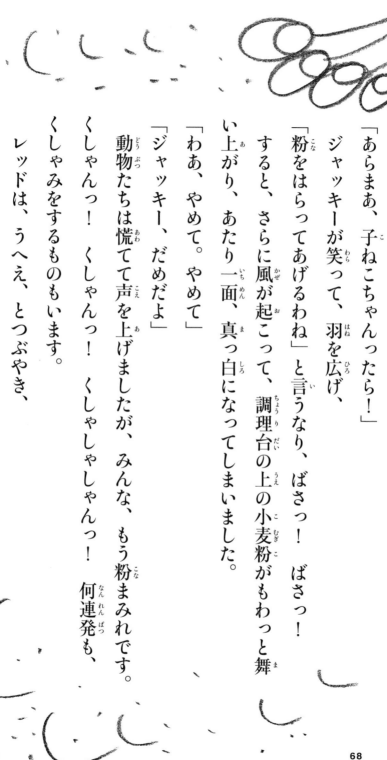

「あんたたち、なにがしたいんだ？　おれのジャマをするのは、よしてくれないかな？」

「ごめんなさい。わざとじゃないのよ」

ジャッキーは羽《はね》をたたみ、しょんぼりと肩《かた》を落《お》としました。

ポンポンも全身《ぜんしん》に粉《こな》をかぶって、目《め》をぱちくり。

「まるで、白《しろ》くまみたい！」とチビコちゃんが言《い》うと、

「きみだって、白《しろ》ねこみたいだよ」とポンポン。

ふたりで顔《かお》を見合《みあ》わせ、あはは、あははは、と笑《わら》いました。

粉《こな》まみれになっても、もちろん、料理《りょうり》は続《つづ》くのです。レッドが調《ちょう》理台《りだい》の引《ひ》き出《だ》しから、ちいさなローリングピンを取《と》り出《だ》しました。

「パンやパイを作《つく》るときのローリングピンとは違《ちが》うね」

ポンポンが感心《かんしん》して言《い》うと、

「ああ。ギョウザやシュウマイの皮専用《かわせんよう》の、ちっちゃいサイズなのさ」

レッドは器用《きよう》に指《ゆび》と掌《てのひら》を使《つか》って、くるくる、くるっ、ローリングピンを回《まわ》してみせました。それから、にいっと笑《わら》って、

「長《なが》いあいだ、愛用《あいよう》しているんでね、すっかり手《て》になじんで、おれのもう一本《いっぽん》の指《ゆび》のようなもんさ。自由自在《じゆうじざい》に使《つか》える」

「そりゃあ、すばらしいね！」

レッドはうなずいて、べつのローリングピンを差《さ》し出《だ》しました。

「ポンポン、きみには、これを貸《か》してあげよう」

「ほんとに？　ありがとう！」

「厚《あつ》過《す》ぎず薄《うす》過《す》ぎず、
もっちりもちもちの皮《かわ》を作《つく》るんだぜ」

「ぼくに、できるかしらん?」

「さあ。やってみることだね」

レッドはちょっと挑《いど》むような目《め》をして、手《て》の中《なか》でまた、くる、くるくる、くるっとローリングピンを回《まわ》してから、丸《まる》くまとめたギョウザの生地《きじ》を調理台《ちょうりだい》の上《うえ》に、ばんっ! 勢《いきお》いよく、たたきつけました。そして、すこしずつちぎっては、くるり、とローリングピンでのしていきました。

その手際《てぎわ》のいいことといったら! 一回《いっかい》、くるり、とするだけで、まあるいギョウザの皮《かわ》ができあがるのです。

「すごいわねえ」とジャッキーが息《いき》をのみ、

「職人芸《しょくにんげい》じゃな」とギイじいさんが言《い》いました。

動物《どうぶつ》たちはみんな、びっくりしてながめています。レッドの作業《さぎょう》があまりにはやいので、すこぶる簡単《かんたん》そうにさえ見《み》えます。

でも、実際《じっさい》に、ポンポンがやってみたら、

「あれっ？」

まあるい皮《かわ》になりません。ぐにゃっとしたヘンテコなかたちになってしまうのです。もう一枚《いちまい》、さらに一枚《いちまい》……どれもこれも、まあるくなりません。おまけに、大《おお》きさも厚《あつ》みもちがっています。

ローリングピンを使《つか》うときに、

「くるりっ」と魔法《まほう》の呪文《じゅもん》でも唱《とな》えるように言《い》ってみるのですが、

いっこうに効《き》き目《め》はありません。

まったくもう、どうして？

レッドは肩《かた》をすくめて、

「ジャッキーは、あんたのこと、すご腕《うで》のコックだって言《い》っていたけど、このようすじゃ、あやしいもんだな！」

ちょっと意地《いじ》わるな言《い》い方《かた》でしたが、ポンポンはへいっちゃら。

「ぼく、ピッツァなら得意《とくい》なんだよ」

「そうだよ。ポンポンは、ほかの料理《りょうり》だったら、とっても上手《じょうず》なんだよ。レッドさん、あなたが知《し》らないだけで、ね」とチビコちゃん。

「つまり、だれにでも、得意《とくい》な分野《ぶんや》、すこしばかり苦手《にがて》な分野《ぶんや》があるということなんじゃ」とギイじいさん。

「天才《てんさい》コックさんにも、うまく作《つく》れない料理《りょうり》があるだなんて、ご愛嬌《あいきょう》というものよ。だから、今日《きょう》はレッドさんが先生《せんせい》なのよ」とジャッキー。

「ふーん。まあ、しようがないか。おれなんて毎日毎日《まいにちまいにち》、ギョウザの皮《かわ》を作《つく》って暮《く》らしてきたんだから、そりゃあ、下手《へた》なわけがないさ」

レッドはそう言《い》って、くるり、くるり、くるり！　休《やす》みなくローリングピンを回《まわ》し続《つづ》けています。そして、ポンポンのほうを見《み》て、

「教《おし》えたくても教《おし》えようがない。言葉《ことば》で説明《せつめい》できるもんじゃないからな」

「うん、わかってる」

ポンポンは、しばらく、レッドの作業《さぎょう》を熱心《ねっしん》に見《み》つめたあとで、

「くるり、くるり、くるり」

ひたすらに生地《きじ》をのしていたら――

やはり魔法《まほう》の呪文《じゅもん》だったのでしょうか。だんだん、まあるい、ちょうどいい厚《あつ》みの皮《かわ》ができるようになってきたのです。

チビコちゃんはすっかり嬉《うれ》しくなって、

「くるりっ！」と言《い》いながら、爪先立《つまさきだ》ちで三回転半《さんかいてんはん》のスピンをしました。

「いいぞ、くるりっ！」

「そうだ、くるりっ！」

動物《どうぶつ》たちもみんな、声《こえ》を上《あ》げて応援《おうえん》し

ます。

すると、レッドも、はじめて親《した》しげに笑《わら》って、

「うん。その調子《ちょうし》だ、ポンポン！」と力強《ちからづよ》く言《い》いました。

「たしかに料理《りょうり》の腕《うで》がいいらしい。上達《じょうたつ》がはやいもの。頼《たの》もしいや。よし、おれは皮《かわ》の中《なか》に入《い》れる具《ぐ》を準備《じゅんび》しよう。みんなも手伝《てつだ》ってくれるかい？」

「もちろんだよ」

「なんでも言《い》ってよ」

「じゃあ、遠慮《えんりょ》なく、お願《ねが》いすることにするよ。みんながお腹《なか》いっぱい食《た》べられるよう、たくさん作《つく》らなくちゃいけないからね！」

それから、動物《どうぶつ》たちはレッドの指示《しじ》にしたがって、食材《しょくざい》を冷蔵庫《れいぞうこ》

から出《だ》してきたり、野菜《やさい》を洗《あら》ったり、調味料《ちょうみりょう》をそろえたり……。

レッドは長《なが》ネギやニラ、にんにくをみじん切《ぎ》りにしていきます。

そして、ボウルに卵《たまご》を何個《なんこ》も割《わ》り入《い》れ、かき混《ま》ぜました。

「あれ？　卵《たまご》なんて、どうするの？」とチビコちゃん。

「どうするって、こうするのさ！」

レッドはフライパンを火《ひ》にかけ、オイルをしいて、ささささっ、じゅじゅじゅじゅっ、いり卵《たまご》を作《つく》りました。

「いり卵《たまご》なんて、どうするの？」

「どうするって、こうするのさ！」

今度《こんど》は、いり卵《たまご》をこまかく刻《きざ》んで、みじん切《ぎ》りにした長《なが》ネギやニラ、にんにく、すり下《お》ろした生姜《しょうが》、ひき肉《にく》と一緒《いっしょ》にボウルに入《い》れま

した。

「へえ。レッドさんのギョウザには、いり卵《たまご》を入《い》れるんだね？」

「ああ。これが、いい隠《かく》し味《あじ》になるんだよ」

レッドはエビを、これまた、とてもこまかく刻《きざ》んで、ほかの材料《ざいりょう》と合《あ》わせました。そして、しょうゆ、ゴマ油《あぶら》、塩《しお》で味《あじ》つけをして、ぐるぐる、ぐるぐる、ぐーるぐる箸《はし》を使《つか》ってかき混《ま》ぜました。

「よーく、よーく混《ま》ぜるんだ。ねばりが出《で》るまで、ね！」

「ふーむ。なるほど」ポンポンが二度《にど》、三度《さんど》とうなずきます。

「で、ここからが、いよいよ楽《たの》しいぞ。この具《ぐ》を皮《かわ》でつつんでいくんだよ。みんなでやるんだ。自分《じぶん》が食《た》べたい分《ぶん》、何個《なんこ》でも！」

「何個《なんこ》でも……ひとり何十個《なんじゅっこ》でも？　何百個《なんびゃっこ》でも？」

そんなにたくさん？　ほんとうに？

「ああ。もし何百個《なんびゃっこ》も食《た》べたいなら、追加《ついか》してもっと作《つく》るさ」

レッドの、この気前《きまえ》のいい言葉《ことば》に——ひゃっほう！　食《く》いしん坊《ぼう》のパンダだけでなく、動物《どうぶつ》たちはみんな、大喜《おおよろこ》びでバンザイしました。

レッドは、しま柄《がら》のシッポをゆさっと揺《ゆ》らして、

「こうやって、つつむんだ」

皮《かわ》の上《うえ》に具《ぐ》をのせて折《お》りたたみ、指先《ゆびさき》で、きゅきゅきゅきゅっ、縁《ふち》にギャザーを寄《よ》せるみたいにしていきます。

「さあ、みんなも、やってごらんよ」

動物《どうぶつ》たちはそれぞれ皮《かわ》を手《て》にして、具《ぐ》をのせ、きゅきゅきゅきゅっ！

レッドのまねをしてみるのですが、あれあれっ？　うまくいきません。

「具《ぐ》がはみだしちゃったよ」

「皮《かわ》がやぶれちゃった」

「きれいなギャザーにならないなあ」

すると、レッドはきっぱりとした調子《ちょうし》で言《い》いました。

「具《ぐ》を入《い》れ過《す》ぎているんだよ。減《へ》らしたらいい」

おいしそうな具《ぐ》だから、つい欲《よく》ばってしまうんですね。レッドの
アドバイスに耳《みみ》を傾《かたむ》けて、いくつか作《つく》っているうちに、

「これで、どうだ？」

「かなり、いい感《かん》じじゃない？」

「いや。すごくいい、と思《おも》うなあ」

みんな、ちゃくちゃくと

上達《じょうたつ》していきます。

自分《じぶん》が食《た》べるギョウザを、

自分《じぶん》の手《て》で作《つく》っているのだと思《おも》うと、

熱中《ねっちゅう》せずにはいられません。

カバのカヨおばさんは、

何個《なんこ》も何個《なんこ》も作《つく》って、

目《め》の前《まえ》にギョウザを

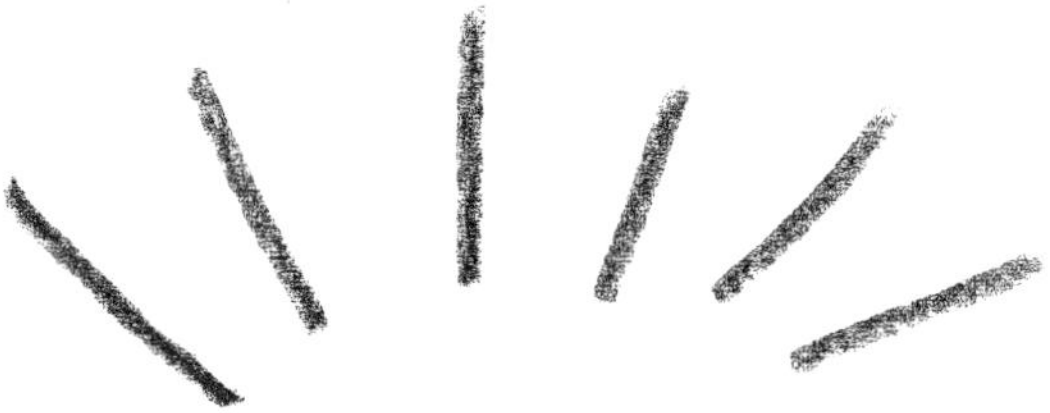

山《やま》ほど積《つ》み上《あ》げていきます。だれよりも、はやく。だれよりも、たくさん。

「どーんなもんだい！」と鼻息《はないき》も荒《あら》く、また粉《こな》が吹《ふ》き飛《と》びそう。

ドーン、ドンドコドン！　ドドーン、ドドドンドン！　ついでにタイコもたたきました。怒《おこ》っているわけでもないのに、思《おも》いきり強《つよ》く。動物《どうぶつ》たちがびっくりして、作業《さぎょう》を中断《ちゅうだん》してしまうくらいに。

やんちゃなカバの兄弟《きょうだい》はげらげら笑《わら》って、

「どーんなもんだい！　どんな、もんだい？」とタロー。

「あんなモンダイ、こんなモンダイ。お母《かあ》さんのタイコがなにより問題《もんだい》。みんなの迷惑《めいわく》、どーん、どーん」とジロー。

「なんだって、おまえたち？　あたしはおまえたちが食《た》べる分《ぶん》も、

ギョウザを作《つく》っているっていうのに」

かんしゃくを起《お》こしたカヨおばさんが、ドーン！　さらにタイコをたたいたら、山《やま》ほど積《つ》んだギョウザがばらばらとくずれてしまいました。

「わあ、山《やま》くずれだ」とカバのハナがつぶやきました。

「やっほう！」とタロー。

「やっほっほう！」とジロー。

「これじゃあ、こだまも返《かえ》ってこないよ」とチビコちゃん。

すると、レッドが皿《さら》の上《うえ》のくずれたギョウザを手《て》に取《と》って、

「やっほう！　やっほっほう！　さあ、焼《や》くとしよう」と言《い》いました。

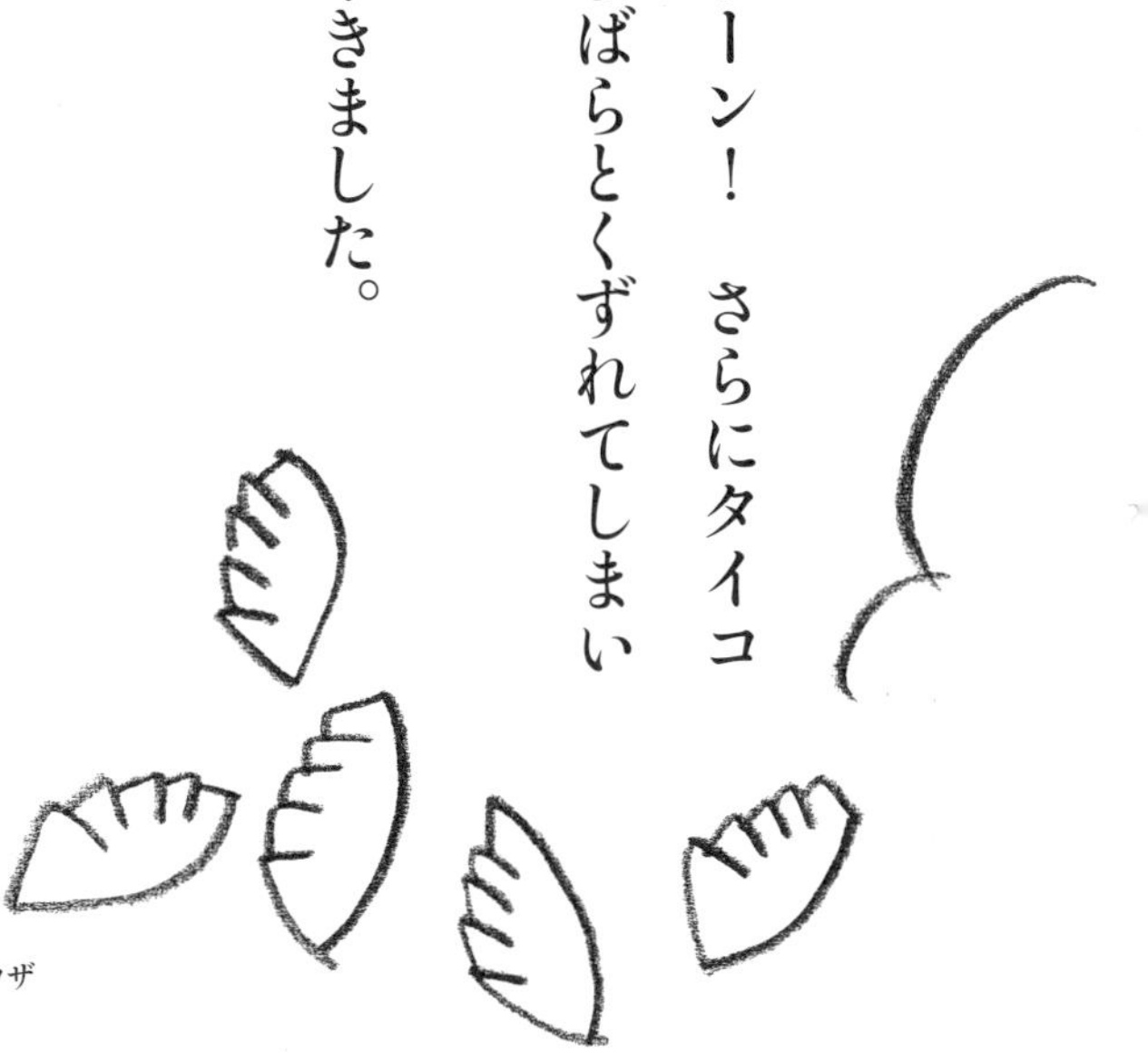

「ポンポン、ほら、きみはこの鉄板《てっぱん》を使《つか》って」
「オーケイ、レッド！」
大《おお》きな鉄板《てっぱん》がふたつ。炎《ほのお》は青々《あおあお》、
勢《いきお》いよく。レッサーパンダと
ジャイアントパンダはふたり並《なら》んで、
ギョウザを焼《や》きはじめました。
まるで、昔《むかし》むかし、ずっと昔《むかし》から、
そうしていたみたいに。
どこか遠《とお》く、ここではない場所《ばしょ》で、
兄《あに》と弟《おとうと》だったように。
チビコちゃんがそばにいて、

焼《や》き上《あ》がったものをお皿《さら》に受《う》け取《と》ります。

「熱《あつ》いうちに食《た》べてくれよ」とレッド。

「次《つぎ》から次《つぎ》へと焼《や》けるよ」とポンポン。

もう、どのギョウザが、だれがつつんだものか、わからなくなりました。でも、そんなことは、どうでもいいのです。だれが何個《なんこ》つつんで、何個食《なんこた》べようが、かまいません。みんなで力《ちから》を合《あ》わせて作《つく》って、その時間《じかん》が楽《たの》しかったということが、なによりも、たいせつなのですから。

そして、もちろん、分《わ》け合《あ》って食《た》べるということも！

「こんがり、ぱりっとしていて、いい焼《や》け具合《ぐあい》じゃな」とギイじいさん。

「焦《こ》げ目《め》がかりっとしてる。
具《ぐ》も美味《おい》しいっ」とララコ。

「ええ。食《た》べても食《た》べても
食《た》べ飽《あ》きないわ」とジャッキー。

「タレとラー油《ゆ》も絶妙《ぜつみょう》だね。
これもレッドさんの手作《てづく》りなんだって?
さすがだなあ」とチビコちゃん。

キリンのリンは、長《なが》い首《くび》をぐーっと伸《の》ばして、レッドの顔《かお》の間《ま》近《ぢか》で、

「ありがとう！　ぼくたちの街《まち》へ来《き》てくれて」とお礼《れい》を言《い》いました。

その言葉《ことば》は、たちまち、みんなのあいだに伝《つた》わって、

「ありがとう」

「ありがとう」

こだまのように、気持《きも》ちよく響《ひび》き合《あ》ったのです。

ギョウザを焼《や》く合間《あいま》に、ポンポンも、たくさん食《た》べました。

とってもスペシャルな、きら星亭《ぼしてい》のランチスペシャルは、ギョウザを焼《や》いて焼《や》いて、足《た》りなくなったら、また作《つく》って焼《や》いて――

ふと気《き》がついたら、夕暮《ゆうぐ》れ時《どき》になっていました。

きら星亭

「あれっ。いつのまにか、
空《そら》があかね色《いろ》になっているよ」とチビコちゃん。
「まあ。なんて美《うつく》しい夕焼《ゆうや》けでしょう」とジャッキー。
「ラー油《ゆ》みたいな色《いろ》の空《そら》だね」とポンポン。
「ギョウザを焼《や》いたら、空《そら》も焼《や》けたよ」とレッド。
ぽん、ぽん、ぽぽぽん！　ポンポンはフライパン片手《かたて》に足踏《あしぶ》みを
して、レッドもつられて、ぽん、ぽん、ぽん！
お腹《なか》いっぱい、友情《ゆうじょう》いっぱいの動物《どうぶつ》たちも、ぽん、ぽぽん！
ワゴン車《しゃ》のドラゴンも、にっこりして踊《おど》り出《だ》しそうに見《み》えます。
美味《おい》しいね。よかったね。
この街《まち》のだれにとっても忘《わす》れられない午後《ごご》になったんだって！

第三話

夜《よ》空《ぞら》のスター・チャウダー

群青色《ぐんじょういろ》の空《そら》には三日月《みかづき》。
オレンジ色《いろ》の街灯《がいとう》が石《いし》だたみを照《て》らし出《だ》しています。
ぽん、ぽん、ぽん、ぽん！　パンダのポンポンが元気《げんき》な足取《あしど》りで歩《ある》いてきました。
となりには、ねこのチビコちゃん。
いつものふたり組《ぐみ》です。
でも――あれ。いつもと違《ちが》う。なにが？
ふたりとも、パジャマを着《き》ているのです。
どうしちゃったの？　寝《ね》ぼけているの？
「ねえ、ポンポン。おみやげ用意《ようい》してきた？

あたしは、チョコレートを持《も》ってきたよ。チェックのリボンを結《むす》んできちゃった」

「そりゃいいね！　ぼくはビスケット」

「手作《てづく》りのビスケット？　楽《たの》しみだなあ」

どうやら寝《ね》ぼけているわけじゃないみたい。街《まち》のあちらこちらから、やはりパジャマを身《み》につけた動物《どうぶつ》たちが現《あらわ》れたのです。

「おっ。すてきなデザインだね」

「わあ。かわいい模様《もよう》だなあ」

顔《かお》を合《あ》わせると、にこやかに言《い》い交《か》わしています。

そして、みんなで向《む》かった先《さき》は——大《おお》きなモダンなおうちです。

門《もん》の向《む》こうには芝生《しばふ》の庭《にわ》が広《ひろ》がっていて、さまざまな種類《しゅるい》の鳥《とり》のかたちに刈《か》りこまれた木々《きぎ》。それから、まばゆくライトアップされた噴水《ふんすい》もあります。

ここは、クジャクのジャッキーのご自慢《じまん》の豪邸《ごうてい》です。

「こんばんは!」

「ぼくたち、来《き》たよ!」

玄関《げんかん》の前《まえ》へ行《い》って、動物《どうぶつ》たちが口々《くちぐち》に挨拶《あいさつ》すると、

「ようこそ、みなさん、お待《ま》ちしていたわ。よかった、前《まえ》もってお願《ねが》いしておいたように、パジャマでいらしてくださったわね」

ジャッキーがドアを開《あ》けるなり言《い》いました。

十日《とおか》ほど前《まえ》に、みんなのおうちの郵便《ゆうびん》ポストに届《とど》いた招待状《しょうたいじょう》には、こう書《か》いてあったのです。

「ご機嫌《きげん》よう！　意気《いき》ようようよう！

クジャクのジャッキー、つまりワタクシのことですが、みなさまと共《とも》にうるわしい夜《よる》を過《す》ごしたく、パーティーを開《ひら》くことにいたしました。もちろん、美味《おい》しいごちそうもありますよ。

ワタクシのおうちがいくらゴージャスだからといって、みなさん、タキシードやイブニングドレスを着《き》ていらっしゃることはなくってよ。思《おも》いきりリラックスして飲《の》んだり食《た》べたり、おしゃべりしたりできるよう、パジャマがよろしいかと思《おも》います。

そうです、パジャマ・パーティーです！

ね、いい考《かんが》えでしょう？

みなさん、ぜひ、よそいきのパジャマでおいでください」

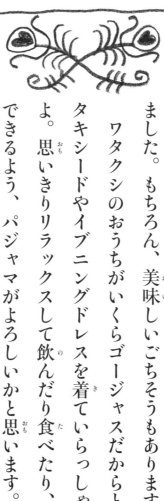

やぎのギイじいさんが、その招待状《しょうたいじょう》を片手《かたて》にしっかりと持《も》って、重々《おもおも》しい、生真面目《きまじめ》な調子《ちょうし》で言《い》いました。

「ジャッキー、今夜《こんや》は、お招《まね》き、ありがとう。ここにいるみんなを代表《だいひょう》して、長老《ちょうろう》のわしがあらためてお礼《れい》を申《もう》し上《あ》げますぞ。ところで、お宅《たく》におじゃまする前《まえ》に、ちょっと、訊《たず》ねておきたいことがあるんじゃ」

「なにかしら?」

ジャッキーが目《め》をぱちくりさせると、ギイじいさんは、ごほん、と咳《せき》ばらいをして、

「いや、大《たい》したことではないんじゃ」と言《い》ってから、いっそう重々《おもおも》しい口調《くちょう》になりました。

「しかし、あながち、ゆるがせにはできん。つまり、パジャマのことなんだがね……よそいきのパジャマとはなんのことやら。ここ数《すう》日《じつ》、わしは寝《ね》る前《まえ》に考《かんが》えこまずにはいられなかったんじゃよ。おかげで寝《ね》るに寝《ね》られず、不《ふ》眠《みん》症《しょう》になりかけた」

そして、頭《あたま》のてっぺんから爪《つま》先《さき》まで、じっくりとジャッキーの姿《すがた》を眺《なが》めてから、ううむ、と低《ひく》くうなって、

「あんたが着《き》ているのは、パジャマなのかね？　なんというか、妙《みょう》にひらひらしておるが。そういうのを、よそいきのパジャマというんだろうかね？　パジャマと言《い》われなければ、だれもパジャマとは思《おも》わんだろうね」

ジャッキーは首《くび》まわりやそでぐち、すそなどに、これでもか、こ

れでもか、と、ふんだんにフリルがあしらわれたものを着《き》ていました。花《はな》や小鳥《ことり》の刺繍《ししゅう》がほどこされ、ビーズや貝《かい》がらの飾《かざ》りも縫《ぬ》いつけてあります。

「ええ。ワタクシ、今夜《こんや》のために、オーダーして仕立《した》ててもらったのよ。これなら、どこかの王国《おうこく》の舞踏会《ぶとうかい》に着《き》ていくこともできそうでしょう？　夢《ゆめ》を見《み》るのにぴったりのパジャマというわけよ」

一方《いっぽう》、ギイじいさんは、ごくシンプルなデザインの、木綿《もめん》のパジャマを身《み》につけていました。真新《まあたら》しく、清潔《せいけつ》でぱりっとしています。
「ギイじいさんのパジャマもすてきだわ。とってもよく似合《にあ》ってい
てよ」
ジャッキーはにっこりしてから、ほかの動物《どうぶつ》たちを見回《みまわ》しました。
みんな、それぞれ個性的《こせいてき》なパジャマを身《み》につけています。
「あたしのは、どう？」とチビコちゃん。
海《うみ》を思《おも》わせるコバルトブルーの布地《ぬのじ》に、さまざまな魚《さかな》が描《えが》かれて
います。
「まあ！　かわいいわねえ、子《こ》ねこちゃん。あら、ポンポンも、あ
なたらしいパジャマを着《き》ているわね。いい感《かん》じよ」
フライパンとパンケーキ、バナナの模様《もよう》がついています。

「これを着《き》ていると、パンケーキのことばかり考《かんが》えちゃって、なんだか、お腹《なか》が空《す》いて眠《ねむ》れなくなるから、困《こま》るんだけどね」とポンポン。

「でもさ、きみの場合《ばあい》は、それを着《き》ていなくたって、いつだって、お腹《なか》は空《す》いているんだろ？　今《いま》さら、困《こま》らなくてもいいじゃないか」

そう言《い》って笑《わら》ったキリンのリンは、スペースグレイの、だぶっとした宇宙服《うちゅうふく》を思《おも》わせるデザインのパジャマを着《き》ています。ついでに、顔《かお》がガラスでおおわれる

ヘルメットまでかぶっていました。

「リンさんったら、かっこいい！」

はしゃいだ声《こえ》をあげたコアラのララコは、すそが花《はな》びらのかたちのものを身《み》につけています。くるっと回《まわ》ると、まるで大輪《たいりん》の花《はな》が咲《さ》いたみたい。

「ララコちゃんのも、チャーミングだね」

みんなにほめられて、ララコは嬉《うれ》しくてたまらず、何度《なんど》もくるくる回《まわ》って、目《め》も回《まわ》りそうになっています。

そして、カバのカヨおばさん、タロー、ジロー、ハナは色《いろ》ちがい

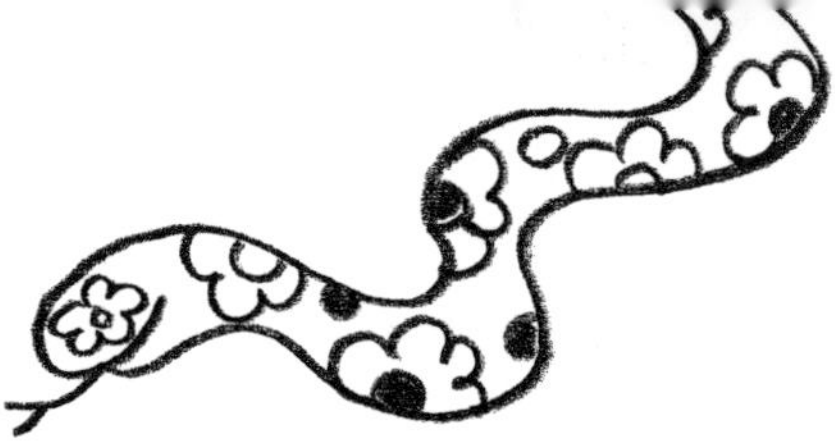

のストライプのパジャマです。四《よ》にんが一緒《いっしょ》にいると、カラフルな棒《ぼう》がいっぱい立《た》っているようで、面白《おもしろ》いのです。

「お母《かあ》さんが縫《ぬ》ってくれたの」とハナ。

「おそろいだなんて、いやだったんだけどね」とタロー。

「セールで買《か》った布《ぬの》がいっぱいあったんだよ」とジロー。

カヨおばさんが、ドドン、と短《みじか》くタイコを鳴《な》らしました。兄弟《きょうだい》に向《む》かって、余計《よけい》なことは言《い》わなくていいよ、と合図《あいず》を送《おく》ったのでした。

と、そこへヘビの三《さん》にんむすめがやってきて、

「あたしたちは、なにか身《み》につけると、うまく動《うご》けなくなっちゃうから、こうしてきたのよ」とニシキヘビのニッキー。

「口《くち》に絵《え》筆《ふで》をくわえて、お互《たが》いのからだに絵《え》を描《か》いたの。ほら、ボディペインティングってやつよ」とコブラのラブコ。

「これでオーケー？　パジャマを着《き》てなくても、パーティーの仲間《なかま》に入《い》れてもらえる？　がらがらがら」とガラガラヘビのガーラ。

ヘビたちのからだは、鮮《あざ》やかな色《いろ》と模様《もよう》で彩《いろど》られていました。三《さん》にんがくねくね動《うご》くと、模様《もよう》もくねくね動《うご》くので、見《み》るたびに違《ちが》う絵《え》になります。

「なにやら、ゲージュツ的《てき》だわね」とジャッキーが言《い》いました。

「ワタクシのおうちは、アート・ミュージアムみたいにハイセンスだから、ちょうどいいわ。もちろん、パーティーに参加《さんか》してちょうだい」

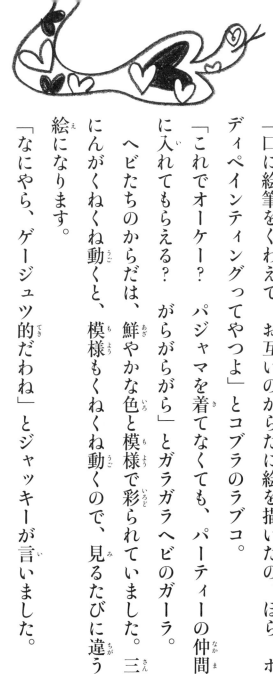

「じゃあ、ぼくのは、どうだい？」とキツネのツネ吉《きち》。

普段《ふだん》は、ぴかぴか、きらきら華《はな》やかなブレザーを着《き》ていますが、おやおや？　パジャマは黒《くろ》い無地《むじ》のもので、ちっとも派手《はで》ではありません。

「ほお、ツネ吉《きち》くん。めずらしくシックな装《よそお》いじゃないかね？　あんたのことだ、てっきり、だれよりも目立《めだ》つ、目《め》がちかちかするようなパジャマを着《き》てくるものと身構《みがま》えておったんじゃが」とギイじいさんが言《い》うと、

「いやいや、ぼくは、みなさんの期待《きたい》を裏切《うらぎ》るようなことはしませんよ。まあ、見《み》ててごらんなさい。あとで、きっと、びっくりするから」

ツネ吉《きち》はにやっと笑《わら》って、なぞかけのような言葉《ことば》を口《くち》にしました。

「ふぅん。そうなの？」ジャッキーは首《くび》を傾《かし》げつつも、

「さあ、みなさん。どうぞ、こちらへ！」

動物《どうぶつ》たちを引《ひ》き連《つ》れて、玄関《げんかん》ホールを過《す》ぎ、廊下《ろうか》を歩《ある》いていきました。

廊下《ろうか》だけでも何《なん》メートルもあります。

「へええ。大《おお》きなおうちだなあ！」

「掃除《そうじ》がたいへんじゃないかなあ？」

動物《どうぶつ》たちはあたりをきょろきょろ見回《みまわ》し

ながら、ジャッキーのあとをついていきます。そして、広々《ひろびろ》とした客間《きゃくま》に通《とお》されました。

ふかふかのカーペットが敷《し》いてあります。どっしりとしたソファもあります。テーブルの上《うえ》には、お菓子《かし》や飲《の》み物《もの》、サンドイッチやオードブルなど、ごちそうが用意《ようい》してありました。

動物《どうぶつ》たちは歓声《かんせい》を上《あ》げました。

「みなさん、どうぞ、くつろいでね」

さっそく、みんなは飲《の》み物《もの》をもらいました。さまざまなフルーツの、とてもフレッシュなジュースです。

グラスを高々《たかだか》と掲《かか》げて、

「かんぱーい！」

それから、食《た》べたいものを、お皿《さら》に取《と》りました。ハムやチーズ、卵料理《たまごりょうり》やサラダ、野菜《やさい》のゼリー寄《よ》せ、ラタトゥイユ、シーフードマリネ……。

「ねえ。これ、だれが作《つく》ったんだい？　まさか、ジャッキーが？　だって、ポンポンは、今日《きょう》はパーティーのお客《きゃく》さんなんだよね？」

とツネ吉《きち》。

「ええ。だから、ワタクシ、お料理《りょうり》はきらら星亭《ぼしてい》から運《はこ》んできたのよ」

「なんだ、じゃあ、やっぱり、ポンポンが作《つく》ったんじゃないか」

「あら。そういうことになる？」

ジャッキーはすまして、しゅわしゅわと泡《あわ》の立《た》つ、きれいな色《いろ》の飲《の》み物《もの》を口《くち》にしています。その脇《わき》で、ポンポンがあれも食《た》べ、これも食《た》べ、

「ほんと、よくできてる。すごい」と満足《まんぞく》そうにつぶやいています。自慢《じまん》しているわけではありません。うぬぼれでもありません。だれが作《つく》った料理《りょうり》か――そんなことは、ポンポンにとっては、どうでもいいことなのです。ただひたすらに美味《おい》しいものに夢中《むちゅう》になっているのでした。

タローはチーズやハムを食《た》べながら、ケーキにも手《て》を伸《の》ばします。

「パーティーはいいね。食《た》べる順番《じゅんばん》のことで怒《おこ》られないもん」

「うん。ごはんをすっ飛《と》ばして、デザートばっかり食《た》べてもいいん

だ」

ジローはお皿《さら》にババロアやプリンを山盛《やまも》りにしています。

「そうだ。これも、どうぞ」

ポンポンはふと思《おも》い出《だ》して、おみやげを差《さ》し出《だ》しました。缶《かん》に入《はい》ったビスケットです。それも、アルファベットのかたちの。ピンクやブルー、オレンジ、ペパーミントグリーンの砂糖《さとう》飾《かざ》りがついています。

「わあ、かわいいね」ララコが声《こえ》を上《あ》げました。

「かわいいだけじゃなくて、美味《おい》しいんだ」

ポンポンはE《イー》を食《た》べ、A《エー》を食《た》べ、それから、T《ティー》を口《くち》に放《ほう》りこんで、むしゃむしゃ。むしゃむしゃ。

お次《つぎ》に、Ｐ《ピー》を手《て》に取《と》って、

「これはパンダのＰ《ピー》、ポンポンのＰ《ピー》ってこと？」と、つぶやいてから、ぱくりっ。そして、缶《かん》をのぞきこんだチビコちゃんに、

「これ、きみのビスケットだろ？」

ポンポンが手《て》に持《も》っていたのは、Ｂ《ビー》でした。

「チビコちゃんのＢ《ビー》だよ。チビーコちゃん！」

子《こ》ねこちゃんはにっこりして、ビスケットを受《う》け取《と》り、

「おまけに、あたしのＢ《ビー》は、ビスケットのＢ《ビー》だね」

ぷるっとヒゲをふるわせて、楽《たの》しそうに言《い》うのです。

「あ。そうだね、ほんとだね」

ビスケットのほんのりした甘《あま》さ、さくさくっとした心地《ここち》よい歯《は》ざわり、ミルクとヴァニラの優《やさ》しい匂《にお》い——うん。そういえば、チビコちゃんは、ビスケットみたいな子《こ》ねこだなあ、とポンポンは思《おも》ったのでした。

動物《どうぶつ》たちが集《あつ》まってきて、自分《じぶん》のイニシャルを探《さが》します。

「あった！　これは、あたしのL《エル》ね」とララコ。

「見《み》つけたぞ、ぼくのR《アール》だ」とリン。

「あたしのK《ケー》には、
ブルーのお砂糖《さとう》がついてるよ」と
カヨおばさん。

みんな、自分《じぶん》のアルファベットを口《くち》に入《い》れて、嬉《うれ》しそう。

と、そこへジャッキーがやってきて、口《くち》ずさみました。

「トゥインクル、トゥインクル、リトルスター……」

同《おな》じメロディで今度《こんど》は、

「A《エー》、B《ビー》、C《シー》、D《ディー》、E《イー》、F《エフ》、G《ジー》……」

チビコちゃんも歌《うた》わずにはいられなくなって、

「H《エイチ》、I《アイ》、J《ジェー》、K《ケー》、L《エル》、M《エム》、N《エヌ》！」

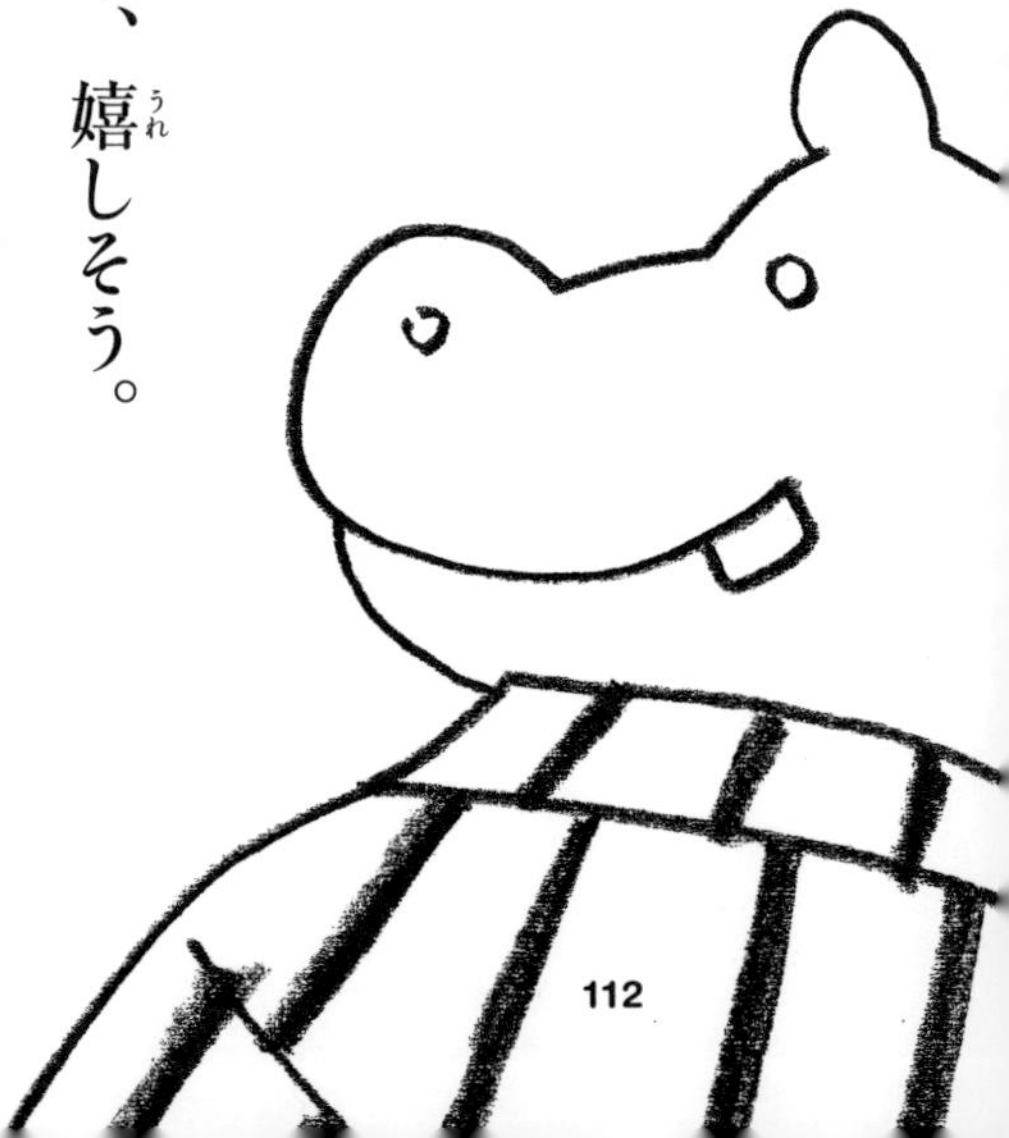

元気《げんき》なソプラノを響《ひび》かせたら、みんなもつられて歌《うた》い出《だ》しました。

「ところで、ねえ、ワタクシのＪ《ジェー》、ジャッキーのＪ《ジェー》はどこかしら？」

ジャッキーはそう言《い》って、ビスケットの缶《かん》の中《なか》をさんざん探《さが》したものの、お目当《めあ》てのものが見《み》つからなかったので、

「なんてこと。だれかがもう食《た》べちゃったのね。やんなっちゃうっ」

つんっと横《よこ》を向《む》きましたが、

「ほら。ジャッキー、これでどう？」

ポンポンがとっさに、なんの考《かんが》えもなしに手元《てもと》にあったＹ《ワイ》のビスケットを差《さ》し出《だ》し、チビコちゃんがしどろもどろになって、

「ええと、ええと……Ｙ《ワイ》は、ええと……わーい、ジャッキーだ！　わーい、わーい、のＹ《ワイ》じゃないかな？」と言《い》うと、

「あら、そういうこと？　そう言《い》われてみれば、Y《ワイ》は、わーい、わーい、ジャッキーってものすごく美《うつく》しいね、頭《あたま》がいいね、わーい、わーい、最高《さいこう》だね、のY《ワイ》でもあるわけよね。まあ！　ワタクシにぴったりだわ。ありがとう」

　この見栄《みえ》っぱりのクジャクは、たちまち機嫌《きげん》を直《なお》して、ビスケットを口《くち》に入《い》れました。そして、うっとりとした顔《かお》になり、

「ああ。さすが、ワタクシのY《ワイ》だわ。ほかのアルファベットとは一《ひと》味《あじ》も二味《ふたあじ》も違《ちが》うわね」と言《い》うのです。

　ポンポンとチビコちゃんは呆《あき》れて首《くび》を横《よこ》に振《ふ》りましたが、ジャッキーはまったくおかまいなしです。ぐっと胸《むね》をそらしてくちばしを上《うえ》に向《む》け、

「なんだか、とってもいい気分《きぶん》だわ。そうだ、せっかく、みなさんが来《き》てくれたんだから、おうちの中《なか》をご案内《あんない》しようかしら」

すたすたと客間《きゃくま》のドアのほうへと歩《ある》き出《だ》しました。

みんなも、その後《あと》に続《つづ》きます。

「ここはダイニングルームよ。ワタクシがいつも食事《しょくじ》をするところ。朝《あさ》はこの大《おお》きな窓《まど》から陽《ひ》の光《ひかり》がいっぱい射《さ》しこんで、すごく気持《きも》ちがいいのよ……それから、こちらはキッチン」

動物《どうぶつ》たちは、ひゃあ！　と声《こえ》を上《あ》げました。キッチンカウンターも冷蔵庫《れいぞうこ》もオーブンも、なにもかも銀色《ぎんいろ》で、ぴかぴかにみがき上《あ》げられ、まぶしいような空間《くうかん》だったのです。

「きら星亭《ぼしてい》の厨房《ちゅうぼう》より立派《りっぱ》じゃない？」とチビコちゃん。

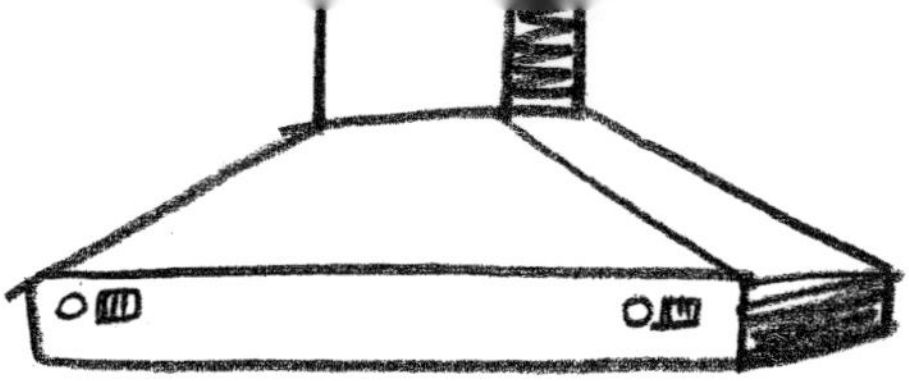

「そうじゃのう」ギイじいさんもうなずきました。
ポンポンは冷蔵庫《れいぞうこ》に向《む》かって突進《とっしん》していって、
「はじめまして。こんばんは。
開《あ》けてもいいですか」と言《い》いました。
もちろん、返事《へんじ》はありません。
だから、ポンポンもそれ以上《いじょう》は
なにも問《と》わずに扉《とびら》を開《あ》けました。
フルーツや野菜《やさい》、何種類《なんしゅるい》ものジャム、
外国製《がいこくせい》のびんづめの魚《さかな》やピクルス、
ヨーグルトやジュース、プリン、
チョコレートケーキ……なにもかもが、

きらきら、きらきら輝《かがや》いています。

「さすが、ジャッキーの冷蔵庫《れいぞうこ》さんはすごいね。そんじょそこらの冷蔵庫《れいぞうこ》さんとは一味《ひとあじ》も二味《ふたあじ》も違《ちが》う感《かん》じ。ぼく、ずっと、ここにいたいな」とポンポンはつぶやきましたが、

「さあ。もう行《い》くわよ」ジャッキーは素《そ》っ気《け》なく言《い》って、キッチンを出《で》て、今度《こんど》は二階《にかい》へと上《あ》がっていきます。

「ここは、ワタクシの寝室《しんしつ》よ」

だれもがびっくりするような、特大《とくだい》のベッドがありました。

「大《おお》きさだけじゃなく、普通《ふつう》のベッドとは違《ちが》うのよ」

「なにが違《ちが》うのさ?」とタローが言《い》って、ジャッキーの説明《せつめい》を待《ま》たずにベッドの上《うえ》へ、えいっ! ダイブしました。すると――

「わあっ！」
タローのからだが天井近《てんじょうちか》くまで弾《はず》みました。落《お》ちてきて、また弾《はず》み、落《お》ちてきて、また弾《はず》み――まるでトランポリンなのです。
ジャッキーがくすっと笑《わら》いました。
「これは普通《ふつう》のベッドの千倍《せんばい》くらい、バネがよく効《き》いているって言《い》おうとしたところだったのよ。ワタクシ、寝返《ねがえ》りを打《う》つたびに、からだが弾《はず》んで、とってもいいエクササイズにな

るの」

ジローも、えいっ！　ダイブしました。たちまち、からだがはね返《かえ》され、勢《いきお》いあまって、ごつん！　天井《てんじょう》に頭《あたま》がぶつかりました。

「あっ、いたたた」

でも、すこしばかり痛《いた》い目《め》をみたことなんて、なんのその。

「面白《おもしろ》いな」とタロー。

「やめられないよ」とジロー。

ほかの動物《どうぶつ》たちも、次々《つぎつぎ》にダイブしました。

「あんたたち、落《お》っこちないよう気《き》をつけなよ！」

カヨおばさんが大声《おおごえ》を出《だ》しましたが、実際《じっさい》のところ、落《お》ちようにも落《お》ちられないくらい特大《とくだい》のベッドなのです。

「うふふ。実《じつ》は、もっと素敵《すてき》なことがあるのよ」とジャッキーは言《い》って、壁《かべ》のスイッチに手《て》を伸《の》ばし、部屋《へや》の明《あ》かりを消《け》しました。

それから、もう一度《いちど》、ぱちん！　今度《こんど》は、天井《てんじょう》を覆《おお》っていた板《いた》がひゅうっとスライドして、ガラス張《ば》りの天窓《てんまど》が現《あらわ》れました。

なんと、頭上《ずじょう》に星空《ほしぞら》が広《ひろ》がっています。

ヘビの三《さん》にんむすめは、きゃあっ！　と声《こえ》を上《あ》げて、

「なんてロマンチックなの」とニッキー。

「夜空《よぞら》に吸《す》いこまれそうね」とラブコ。

「星《ほし》に手《て》が届《とど》きそうよ……ああ。でも、残念《ざんねん》！　あたしたちには、手《て》がないんだったわね。がらがらがら」とガーラ。

「こうしていると、ほんとうに宇宙飛行士《うちゅうひこうし》になったみたいだよ」

天井《てんじょう》のガラスすれすれまで弾《はず》みながら、リンが言《い》いました。そうです。このキリンは宇宙服《うちゅうふく》みたいなパジャマを着《き》ていたのでした。

「おい。みんな、ぼくのことも見《み》てくれよ」

ツネ吉《きち》が声《こえ》をあげました。おやまあ！　驚《おどろ》いたことに、このキツネのパジャマは黒《くろ》い無地《むじ》だったはずなのに、今《いま》はたくさんの星《ほし》がきらめいています。

「布地《きじ》に蛍光塗料《けいこうとりょう》で星《ほし》を描《か》いたんだ。だから、暗《くら》くなると光《ひか》るってわけさ」

「なるほど。考《かんが》えたわね、ツネ吉《きち》さん。まるで、あなた自身《じしん》が夜空《よぞら》じゃないの。あなたったら、ほんと、われわれの期待《きたい》を裏切《うらぎ》らない！」とジャッキー。

動物《どうぶつ》たちの注目《ちゅうもく》を集《あつ》めたツネ吉《きち》は、得意《とくい》になって胸《むね》を張《は》りました。と、そこへ枕《まくら》が飛《と》んできて、頭《あたま》に当《あ》たりました。

「むうっ！　なにするんだ」

「あっ。当《あ》たっちゃった？」とタロー。

「キャッチしてくれなくちゃ」とジロー。

ここぞとばかりに、やんちゃな兄弟《きょうだい》は枕《まくら》投《な》げをはじめたのでした。

「よーし、じゃあ、ぼくも！」とツネ吉《きち》。

ほかの動物《どうぶつ》たちも、やる気《き》まんまん。枕《まくら》だけでは足《た》りないから、クッションや縫《ぬ》い

ぐるみを、空中《くうちゅう》で投《な》げ合《あ》いました。

「うむ。これこそ、パジャマパーティーというものだな」

ベッドのそばに立《た》って、ギイじいさんがしみじみとうなずいていると、勢《いきお》いよく枕《まくら》が飛《と》んできて、ぽこん！　当《あ》たりました。

「こらっ。年寄《としよ》りになにをするんじゃっ」

あはははは、と動物《どうぶつ》たちが陽気《ようき》な笑《わら》い声《ごえ》を上《あ》げました。

ドンドコドン！　カヨおばさんが力強《ちからづよ》くタイコをたたきましたが、怒《おこ》っているとい

うよりは、景気《けいき》づけという感《かん》じでした。

「どれ、あたしも、ひとつ飛《と》び跳《は》ねてみようかね？」と言《い》うなり、ベッドにダイブして、空中《くうちゅう》で軽《かろ》やかに、トンカラトン！　トトトトトン！

そのタイコの音《おと》に合《あ》わせて跳《は》ねつつ、

「天井《てんじょう》のガラスがなかったらいいのになあ」とチビコちゃん。

「そしたら、高《たか》く高《たか》く、もっと高《たか》くジャンプできるのになあ。月《つき》にだって行《い》けちゃうかもしれないよ。ねえ、ポンポン、そう思《おも》わない？」

でも――おや？　返事《へんじ》がありません。

「ポンポンがいない。ポンポンはどこ？」

チビコちゃんはトランポリン――いいえ、そうではなく、ベッドでしたね――から飛《と》び下《お》りて、なかよしの友《とも》だちを捜《さが》すため部屋《へや》を出《で》ていきました。

「ここにいないのなら、どこにいるのか、なんとなく、わかるな」

これは、子《こ》ねこちゃんのひとり言《ごと》。

そして、やっぱり！　思《おも》ったとおりでした。

ポンポンは、ひとりぼっちでキッチンにいました――それとも、ひとりとは言《い》えない？　ジャッキーの冷蔵庫《れいぞうこ》にまだ話《はな》しかけていたのです。

「冷蔵庫《れいぞうこ》さん。このマヨネーズ、いい素材《そざい》が使《つか》ってあるね……チョコレートケーキか。それも三段重《さんだんがさ》ねの。ちょっと味見《あじみ》してみてもい

い？」

「ポンポン！」チビコちゃんが声《こえ》をかけると、

「やあ、チビコちゃん」ポンポンは振《ふ》り向《む》いて、

「きみもお腹《なか》が空《す》いたんだね？　わかるよ、お腹《なか》ってすぐに空《す》いちゃうんだ」

え？　さっき、客間《きゃくま》でいっぱい食《た》べたでしょ？――チビコちゃんは目《め》を丸《まる》くしてポンポンを見つめましたが、ふと首《くび》を傾《かし》げ、

「そういえば、ちょっと」

思《おも》いきり遊《あそ》んだあとだから、また食欲《しょくよく》がわきあがってきたみたい。

「あーら、いいわね。こっそりふたりだけで、お夜食《やしょく》の相談《そうだん》ってわけ？」

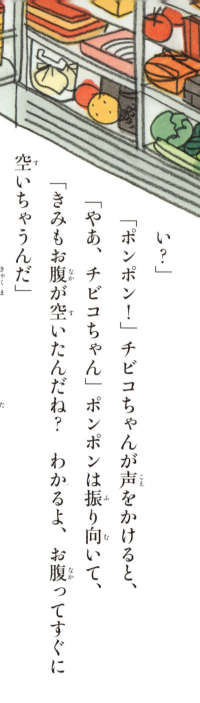

ジャッキーが言《い》いました。
チビコちゃんの
あとを追《お》ってきたのです。
「ワタクシのリクエストはね、
なにか温《あたた》かくて、お腹《なか》に優《やさ》しいものよ」
「うーん。それなら」とポンポン。
「それなら？」
「新鮮《しんせん》なアサリがあるから、
チャウダーはどうかな？」
「いいね、クラムチャウダーだね！」
とチビコちゃん。

「お夜食《やしょく》にぴったりだろ？」

ぽんぽんっ！　と両手《りょうて》を打《う》ち合《あ》わせると、ポンポンはさっそく料《りょう》理《り》に取《と》りかかりました。包丁《ほうちょう》を手《て》にして、ベーコン、玉《たま》ねぎ、にんじん、じゃがいもをリズミカルに刻《きざ》みます。

すると、動物《どうぶつ》たちがわらわらとキッチンにやってきました。

「あっ。なにを作《つく》っているの？」

「チャウダーだって」

「そりゃあ、楽《たの》しみだね！」

みんなも、またお腹《なか》が空《す》いてきたところだったのです。

「どっさり具《ぐ》が入っている

やつがいいな」とツネ吉《きち》。
「ね、ね、ここにもあるよ、
A《エー》、B《ビー》、C《シー》、D《ディー》、E《イー》、F《エフ》、G《ジー》……
ラーラーラーラー、ラ、ラ、ラ！」と
歌《うた》い出《だ》したのは、ララコです。
　手《て》にしているのは、
アルファベットのかたちの
ショートパスタ！
「チャウダーに、これも入《い》れてよ」
「オーケー。アルファベットの
夜《よる》だね！」とポンポン。

大《おお》きなお鍋《なべ》にミルクをたっぷり。野菜《やさい》が煮《に》えたタイミングでアサリとショートパスタを入《い》れ、フレッシュクリームを加《くわ》えたら、出来上《できあ》がり。ボウルに盛《も》りつけて、さあ、いただきます！

スプーンですくって口《くち》に入《い》れると、じゃがいもは、ほっくり。玉《たま》ねぎは、とろおり。にんじんは、さくっ。アサリはぷりっ。アルファベットのかたちのパスタが舌《した》の上《うえ》で愉快《ゆかい》なメロディを奏《かな》でているみたい。

ジャッキーは思《おも》わず羽《はね》を広《ひろ》げて、

「なんとまあ、すばらしいチャウダーだこと！　ハーブやスパイスが絶妙《ぜつみょう》のバランスね。トゥインクル、トゥインクル、リトルスター。ポンポン、ワタクシのたいせつなコックさん。あなたは、きら星亭《ぼしてい》のスターよ」

「リトルスター？　おっきいけど」とチビコちゃん。

「うん。リトルスターは、きっとチビコちゃんだよ」とポンポン。

そして、ふたりはベランダに出《で》て、ベンチに腰《こし》かけてチャウダーを食《た》べました。涼《すず》しい夜風《よかぜ》が心地《ここち》よく頬《ほほ》をなでます。

「ねえ、天《あま》の川《がわ》が見《み》えるよ。星《ほし》の川《かわ》にお魚《さかな》はいるのかなあ？」

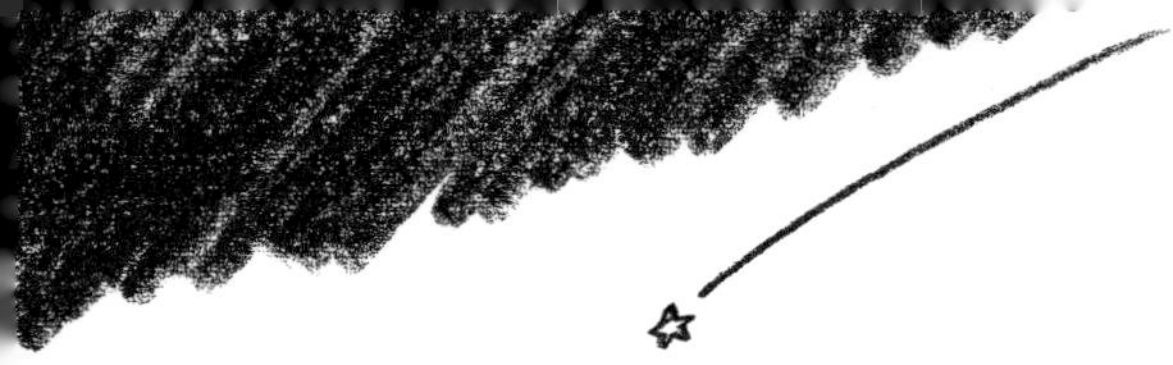

空《そら》を見上《みあ》げて、
子《こ》ねこちゃんが言《い》いました。
「どうかなあ？」
「あっ。今《いま》、星《ほし》が流《なが》れた！
ね、ポンポン、見《み》た？」
「えっ。流《なが》れ星《ぼし》？
どこどこ？」
　ポンポンはまったく
違《ちが》うほうへ顔《かお》を向《む》けています。
「そっちじゃないよ。
あっちだよ」

チビコちゃんは笑《わら》って、

「きっとまた流《なが》れるよ。そしたら、願《ねが》いごとをしなくちゃね」

「うん。なにをお願《ねが》いしよう？」

でも、願《ねが》いごとが思《おも》い浮《う》かびません。星《ほし》に願《ねが》いをかけるまでもなく、ポンポンもチビコちゃんも幸《しあわ》せで満《み》ち足《た》りているのでした。だって――大好《だいす》きな友《とも》だちと一緒《いっしょ》に、こんなにも美《うつく》しい夜空《よぞら》をながめているんだもの！

輝《かがや》かしい星座《せいざ》がふたりの頭上《ずじょう》で――明日《あした》も明後日《あさって》も、その次《つぎ》の日《ひ》も、きっと楽《たの》しい！そう約束《やくそく》してくれているようでした。

作者── 野中 柊　のなか・ひいらぎ

1964年生まれ。立教大学卒業後、
在米中の1991年「ヨモギ・アイス」で
海燕新人文学賞を受賞して作家デビュー。
小説に
『ヨモギ・アイス』(集英社文庫)
『小春日和』(集英社文庫)
『ひな菊とペパーミント』(講談社文庫)
『きみの歌が聞きたい』(角川文庫)
『プリズム』(新潮文庫)
『マルシェ・アンジュール』(文藝春秋)
『昼咲月見草』(河出書房新社)
『公園通りのクロエ』(祥伝社)
『波止場にて』(新潮社)など、
エッセイ集に
『きらめくジャンクフード』(文春文庫)など、
童話や絵本に
『ミロとチャチャのふわっふわっ』(あかね書房)
『ようこそ ぼくのおともだち』(あかね書房)
『赤い実かがやく』(そうえん社)
『ヤマネコとウミネコ』(理論社)など、
著書多数。

画家── 長崎訓子　ながさき・くにこ

1970年東京生まれ。
多摩美術大学染織デザイン科卒業後、
フリーのイラストレーターとして、
単行本の装画・挿絵など、多方面に活躍中。
著書に
『長崎訓子の刺繍本』(雄鶏社)
作品集『Daydream Nation』(PARCO出版)
『COLLAGES』(ハモニカブックス)
漫画『Ebony and Irony 短編文学漫画集』
(パイインターナショナル)
『MARBLE RAMBLE 名作文学漫画集』
(第19回文化庁メディア芸術祭マンガ部門
審査委員会推薦作品／
パイインターナショナル)など、
挿絵や絵本の仕事に
『ショート・トリップ』(集英社文庫)
『リンゴちゃん』シリーズ(ポプラ社)
『絵本 眠れなくなる宇宙のはなし』
(講談社)などがある。

パンダのポンポン
夜空のスター・チャウダー
2016年9月初版
2016年9月第1刷発行

作者—野中 柊
画家—長崎訓子
デザイン—杉坂和俊
発行者—齋藤廣達
編集—岸井美恵子・小宮山民人
発行所—株式会社 理論社
〒103-0001 東京都中央区日本橋小伝馬町9-10
電話 営業 03-6264-8890
編集 03-6264-8891
URL http://wwww.rironsha.com
印刷・製本—中央精版印刷

ISBN978-4-652-20166-4 NDC913
A5判 22cm P134

好評《こうひょう》シリーズ

「パンダのポンポン」

野《の》中《なか》柊《ひいらぎ》・さく　長崎《ながさき》訓子《くにこ》・え

ポンポンは、レストランのコックさんです。料理《りょうり》が上手《じょうず》で、おまけに食《く》いしん坊《ぼう》。だからポンポンのお話《はなし》には、いつも、おいしそうな食《た》べ物《もの》が、いっぱい出《で》てくるんです。

1巻《かん》め!
パンダのポンポン
夢《ゆめ》の中《なか》にでてきた、
おいしそうな
サンドイッチを
ほんとうに、
作《つく》ってみよう。

2巻《かん》め!
青空《あおぞら》バーベキュー
とくべつな
お客《きゃく》さまのために
作《つく》る、世界《せかい》で一番《いちばん》
おいしい料理《りょうり》って、
なにかしら?

3巻《かん》め!
クリスマス
あったかスープ
クリスマスの夜《よる》に
食《た》べる料理《りょうり》のことを
考《かんが》えただけでもう、
うきうきしてしまいます。

4巻《かん》め!
アイスクリーム・
タワー
夏《なつ》がやってきました。
だから、夏《なつ》のおいしい
食《た》べ物《もの》のことで
頭《あたま》の中《なか》はいっぱいです。

5巻《かん》め!
クッキー・
オーケストラ
料理《りょうり》対決《たいけつ》だって!?
でも、料理《りょうり》は作《つく》る
より食《た》べるほうが
好《す》きなんだけど…。

6巻《かん》め!
パンパカパーン
ふっくらパン
運動会《うんどうかい》なのに
走《はし》ることより
食《た》べることに
夢中《むちゅう》なのは、だれ?

7巻《かん》め!
サイクリング・
ドーナツ
自転車《じてんしゃ》に乗《の》ったり
山《やま》に登《のぼ》ったり…。
楽《たの》しいけれど、
お腹《なか》が空《す》くよ。

8巻《かん》め!
夜空《よぞら》のスター・
チャウダー
星空《ほしぞら》を見上《みあ》げながら、
パジャマパーティーを
開《ひら》いたよ。楽《たの》しい!
さて、お夜食《やしょく》は何《なに》かな?

『ポンポン クック ブック』が出《で》たよ! 幸《しあわ》せをはこぶレシピがいっぱい。

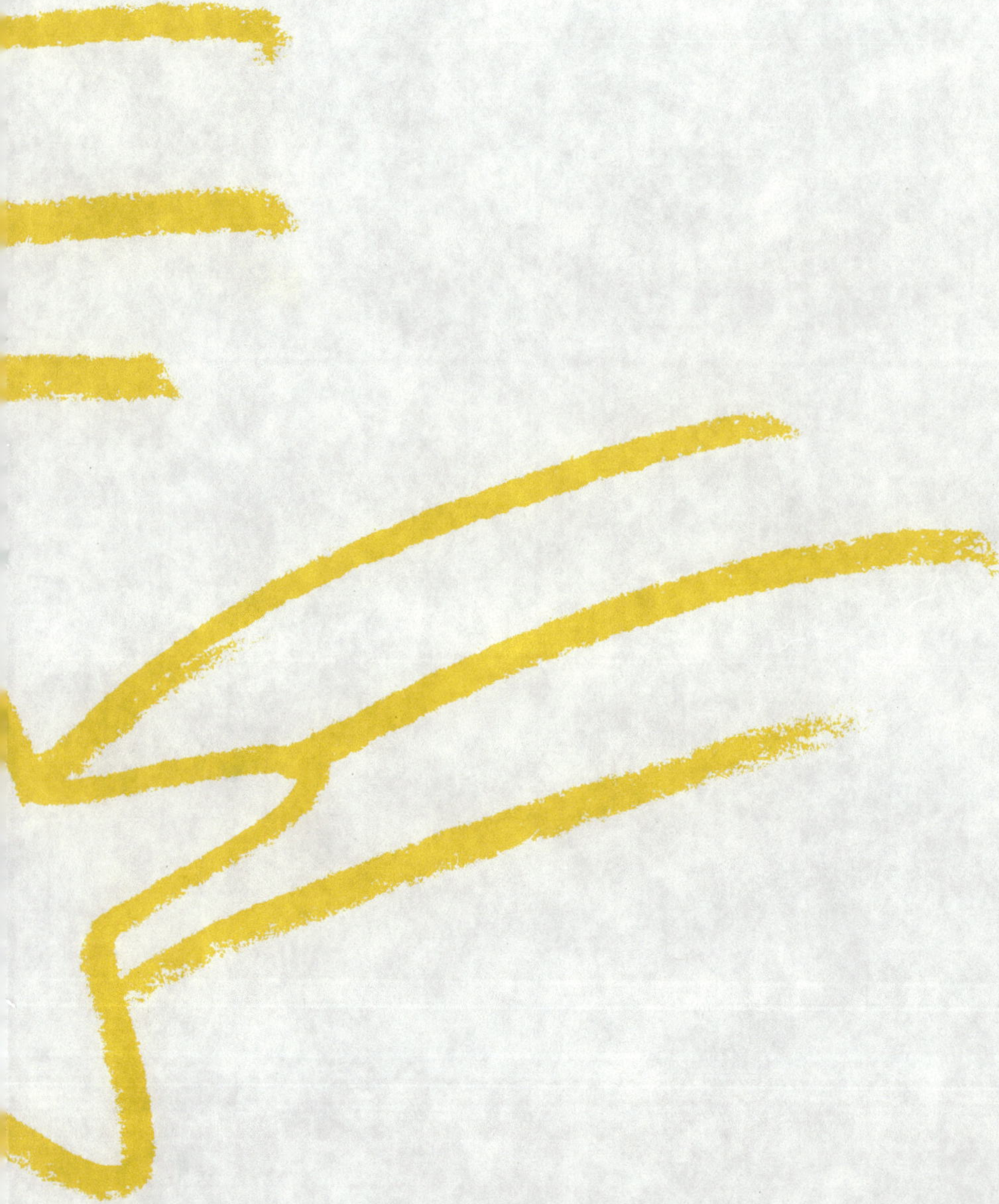